I0748164

IMPERIO DOMÉSTICO

También por Anna Lidia Vega Serova

Novelas
Noche de Ronda
Ánima fatua

Cuentos
Bad painting
Catálogo de mascotas
Limpiando ventanas y espejos
Imperio doméstico
Legión de sombras miserables
El día de cada día
Mirada de reojo
Estirpe de papel
Tres pasos para un pez

Poesía
Retazos (de las hormigas) para los malos tiempos
Eslabones de un tiempo muerto

Cuentos infantiles
Adiós, cuento triste

También publicado por Amaurea Press
Anima Fatua (traducción al inglés)
Sideways Glance (traducción al inglés de *Mirada de reojo*)
Un jardin en miniatura/A miniature garden (poesía)

IMPERIO DOMÉSTICO

Anna Lidia Vega Serova

Con un Prólogo por Yolanda Arroyo Pizarro

Publicado por Amaurea Press, Londres, Reino Unido
www.amaurea.co.uk

Copyright © 2004, 2025 Anna Lidia Vega Serova 2004, 2025
Prólogo © Yolanda Arroyo Pizarro 2025

El derecho de Anna Lidia Vega Serova a ser identificada como la autora
de esta obra ha sido reconocido de conformidad con la Ley de
Derechos de Autor, Diseños y Patentes de 1988

Todos los derechos están reservados. Ninguna parte de este libro
puede ser reproducida en cualquier forma, o utilizando cualquier
media electrónica o mecánica, incluyendo los sistemas informáticos
de almacenamiento y recuperación, sin el permiso por escrito del
editorial, con la excepción de la citación de breves pasajes.

ISBN 9781914278860 (tapa blanda)
ISBN 9781914278877 (eBook)

Originalmente publicado 2004 por Editorial Letras Cubanas
(ISBN 9789591009319)

Esta edición © Amaurea Press 2025

Datos de catalogación en publicación de la Biblioteca Británica
Existe un registro catalográfico de este libro en la Biblioteca Británica

Ilustración de portada © Anna Lidia Vega Serova
Foto de autora © Gonzalo Vidal

Diseño de portada, libro y composición tipográfica por Albarrojo

La Casa, soy la Casa.
Más que piedra y vallado,
más que sombra y que tierra,
más que techo y que muro,
porque soy todo eso, y soy con alma.

Dulce María Loynaz

ÍNDICE

PRÓLOGO

Yolanda Arroyo Pizarro

L A ESCRITURA DE Anna Lidia Vega Serova es un filo que corta desde la orilla caribeña y al mismo tiempo desde el trasfondo ruso que la habita. Esa doble pertenencia – ser hija de islas y de estepas – le otorga una voz inconfundible, capaz de mezclar la violencia con la ternura, el gesto plástico con la pulsión narrativa. Como artista visual, poeta y narradora, Vega Serova no se limita a un solo soporte: en ella la palabra se desborda hacia la imagen y la imagen regresa a la palabra, en un ciclo constante de transgresión y reinvención.

En uno de sus fragmentos más reveladores escribe:

He llenado el piso de letras. Luego llenaré las paredes, los techos y el aire mismo. Sin prisa voy escribiendo el libro de una casa, sondeando los espacios y descubriendo historias, armando crónicas de ecos, huellas apenas perceptibles y fantasmas que se pasean indolentes. Tal vez he vivido alguna de ellas en una reencarnación anterior. Tal vez las inventé todas.

Esta poética es también una declaración de principios: la literatura como ocupación total del espacio, como memoria y alucinación, como exorcismo de espectros personales y colectivos. La literatura, en sus manos, no es solo texto: es arquitectura habitable, territorio sensorial que nos obliga a detenernos, a mirar lo invisible y a escuchar los silencios.

La voz de Vega Serova es también la de un linaje híbrido y revelador. En ella conviven el trasfondo ruso y la experiencia cubana, el frío de la memoria ancestral y la humedad ardiente del trópico. Ese cruce de orígenes no es simple herencia, sino un gesto transgresor que le permite desafiar las fronteras culturales y reinventar lo que entendemos por identidad. Desde ahí, su literatura se vuelve universal, dialogando con lo particular y proponiendo nuevas maneras de narrar lo íntimo, lo social y lo fantástico.

En *Taller de expurgo*, uno de los relatos más inquietantes de este volumen, se nos introduce en un ritual doméstico que pronto se transforma en un ejercicio perturbador de poder, deseo y violencia contenida. El relato, con un ritmo pausado y obsesivo, va construyendo una tensión entre la ternura y la crueldad, entre la caricia y la amenaza. La escena cotidiana del agua, el jabón y la piel se convierte en un espacio de desdoblamiento erótico donde la promesa de la navaja late como un presagio. El cuento desnuda la fragilidad de los cuerpos y las pulsiones extremas que los atraviesan, en un juego macabro donde lo íntimo y lo brutal se funden sin redención posible.

Por su parte, mi favorito, *A orillas del baño*, nos presenta un retrato desgarrador de una pareja de mujeres cuya vida compartida oscila entre la ternura de los gestos cotidianos y la violencia de los arrebatos. La bañadera, objeto de deseo y símbolo de un sueño compartido, se convierte en detonante de obsesiones, celos y tragedias. Con un estilo entrecortado, casi respirado en suspiros y silencios, el texto revela cómo lo que nace de la ilusión amorosa puede terminar ahogado por la tristeza y la frustración de lo imposible. En su escritura, Vega Serova deja entrever que todo regalo puede ser trampa y que el amor, en ocasiones, es un espejo quebrado.

En *Cáncer*, la escritora lleva su poética de la transgresión a un umbral extremo donde el erotismo y la enfermedad se entrelazan con crudeza perturbadora. El cuento indaga en las ilusiones, las imposturas y la necesidad de convertir el dolor ajeno en fuente de placer, hasta que la muerte se vuelve espejo y catalizador. La protagonista, atrapada en una espiral de gritos, cuerpos llagados y hospitales convertidos en templos secretos del deseo, encarna la lucidez brutal de una voz que no teme confrontar lo más abyecto de la experiencia humana. Vega Serova transforma lo grotesco en materia literaria, recordándonos que la escritura, como el sexo, puede ser un acto de expiación y de abismo.

Hay otros relatos que son igualmente ofrendas al lector. Este libro que ahora se nos ofrece es un viaje de reencarnaciones posibles, de ficciones que podrían ser memorias y de memorias que podrían ser pura invención.

Tal vez he vivido alguna de ellas en una reencarnación anterior. Tal vez las inventé todas.

Ese tal vez, que es duda y certeza al mismo tiempo, nos guía por páginas que vibran con ironía, con lucidez y con un deseo de empujar la literatura hacia sus límites más fértiles. Estamos ante una escritura que, desde la isla y desde el mundo, no deja de expandirse como una marea de letras y colores.

La fuerza de su obra radica precisamente en esa capacidad de transitar lo corporal y lo espiritual, lo cotidiano y lo fantasmagórico, sin establecer fronteras fijas. Vega Serova escribe como quien pinta con óleos y al mismo tiempo deja huellas con cenizas; como quien reconoce que el Caribe, con su luz desbordada, también es un territorio de sombras y de memorias quebradas. Su narrativa, además de íntima, es una forma de arqueología emocional: escarba entre los restos del día para encontrar en ellos la prueba de que la literatura sigue siendo el único refugio verdadero.

La obra de Anna Lidia Vega Serova es un archipiélago donde convergen la palabra, el trazo y la imagen. En este nuevo libro, nueva edición, la autora abre una casa de palabras donde cada muro, cada resquicio, cada sombra se vuelve materia de relato. Al final, casi como un destello, escribe:

Jugando a la botella:
El: "¿Cuál es tu mayor aberración?"
Yo: "Escribir".

Esa confesión, que parece un juego, funciona como un mantra para comprender el conjunto de su obra. Escribir como aberración, como destino inevitable, como un acto que no pide permiso y que insiste en repetirse aunque duela, aunque no salve. Así nos llega Anna Lidia Vega Serova, con la certeza de que en su escritura lo abyecto se vuelve belleza. Su pluma es esa botella girando en medio de la sala: azar y condena, deseo y sentencia, juego y oráculo.

I

LA CASA

PRÓLOGO PARA LA PRIMERA PARTE

L A ESCALERA PARECÍA no acabar jamás, una escalera oscura, llena de papeles, toda clase de basura y un intenso olor a orín. Escalera que algún día fue espléndida, amplia e iluminada, construida con mármol traído de Italia y madera labrada. Apreté dolorosamente la llave en la mano y la sangre comenzó a gotear sobre los grises peldaños de la escalera, sobre la mugre antigua de la escalera, sobre las mil y una pisadas, huellas de todo tipo, pasos confusos borrados por pasos confusos, borrados por pasos confusos, borrados por pasos... La escalera de mi casa.

Mi casa, repetía por dentro y vibraba, ahora vería mi casa.

La oscuridad se rompió con el chirrido de la puerta dejando al descubierto las telarañas en el techo y polvo en el piso.

Mi casa.

Puse los manuscritos que traía sobre las losas, unos manuscritos de novelas ajenas, me senté encima de ellos, prendí el cigarro.

Realmente era mi casa. Parecía serlo.

En la esquina a mi lado yacían patas arriba algunos cadáveres de cucarachas.

Me estremecí.

Creí escuchar voces, fragmentos de diálogos, el llanto de un niño, el sonido metódicamente exasperante de un sillón. Poco a poco en mi cabeza fueron entrando retazos de historias, se mezclaban, se confundían. ¿Eran escenas de la vida de los que la habitaron antes de mí?

Me levanté, avancé al interior, subí a la barbacoa de madera. Mis pies dejaban huellas oscuras en el polvo. Abrí la ventana, me agaché y escribí con el dedo sobre el suelo:

"imperio doméstico"...

Era el titulo de mi próximo libro, adiviné al instante. No tenía aun palpables todas las historias que lo formarían, no conocía a fondo sus personajes ni el hilo de sus destinos, pero intuía que estaban ligados a mi casa, mi primera casa en la vida (que algún día también fue su casa, a lo mejor también su primera casa en la vida) y por lo tanto inseparablemente ligados a mí misma y mi destino.

He llenado el piso de letras. Luego llenaré las paredes, los techos y el aire mismo. Sin prisa voy escribiendo el libro de una casa, sondeando los espacios y descubriendo historias, armando crónicas de ecos, huellas apenas perceptibles y fantasmas que se pasean indolentes.

Tal vez he vivido alguna de ellas en una reencarnación anterior.

Tal vez las inventé todas.

CONDUCTOS PRIVADOS

*Dos nubes muy grandes chocaron una con la
otra y se hicieron añicos*
REINALDO ARENAS

É L LLEGA A la casa, se sienta en la butaca más cómoda, desabrocha el cuello de su camisa.

Yo le traigo café. ¿Qué quieres? – le digo – ¿café?

Sí.

Se lo traigo.

¿Cigarros?

Sí.

Se los traigo.

Paso la colcha por el fanguero armado debajo de la butaca. Levanta los pies un momentico. Por favor. Paso la colcha. Gracias. Sus dos botas, grandes y enfangadas cuelgan sobre mi cabeza. Gracias, repito, ya puedes bajar los pies. Los baja y deja dos huellas gordas en el piso.

Miro las telarañas del techo. Cuando les da el sol se ven iridiscentes. Mira las telarañas, qué lindas, le digo. Qué asco, responde. Me separo un poco en la cama, casi imperceptiblemente, me separo de su lado para poder contemplar sola mis telarañas.

Dime algo, hablemos de algo, le pido. Yo te quiero, comienza, pero lo interrumpe mi risa.

Y río.

Y río.

Y río.

No puedo parar.

Cuando se duerme, paso la mano por su cara y él gime en sueños muy bajito. Paso la mano por su cara sin afeitar y por su boca seca y sus ojos dormidos y su cuello y lo oigo gemir, tan bajito, tan lastimero. Le doy un beso muy suave en el hombro y dejo que mi mano siga acariciándolo despacio. Gime como si fuera un niño, un niñito abandonado en la noche y yo lo acaricio y lo beso para que no se sienta solo, y me acuesto sobre él y lo tapo con mi cuerpo para que no tenga frío, y lo abrazo para defenderlo de la tristeza.

No quiero seguir contigo, le dije. Luego se hizo silencio y sólo las goteras que caen del techo repitieron en las palanganas: no-quiero-seguir-contigo-no-quiero...

La gente de mi edificio pone la música alto. Ponen música alegre y hablan como si estuvieran contentos. De todas las ventanas brota la diversión. Busco entre mis casetes algo que rompa el silencio de mi casa, pero sólo encuentro ruidos disonantes.

En mi cocina llueve, le dije. En mi cocina está cayendo un aguacero. ¿Te quieres bañar en el aguacero?

Debes subir a ver de dónde es esa agua. Tal vez sea una tubería explotada y haya que llamar al plomero. O echar un derretido. Mira que cochinada. A lo mejor es agua de fosa…

Lavo. Cocino. Limpio.

No tengo porqué limpiar tanto: nadie ha enfangado el piso con sus botas.

Limpio. Lavo. Friego. Lloro.

Se viste despacio. En el medio de la noche. Se pone el pantalón, el pulóver, las medias, en la oscuridad, en el silencio. Llueve dentro y fuera. Llueve. Llueve.

¿Qué haces?

Estoy fumando. Y pensando.

Ah…

Es que me tengo que aquilatar del golpe.

¿Qué cosa es 'aquilatar'?

Cuando a uno le hieren y le duele mucho, mucho, se tiene que aquilatar…

Yo entendí el sentido de la frase, lo que no conozco es la palabra, ¿aquilatar? Pero la buscaré en el diccionario…

Sí, búscala…

Llueve, llueve.

Hemos estado veinticuatro días sin salir. Cuarenta y ocho días sin salir de la cama. Él me pasa la pinga por el cuerpo. Me acaricia toda con su pinga. Despacio. Despacio.

Te amo, me dice. Te amo, me dice su pinga.

He bebido ron de su ombligo.

He bebido su orgasmo y luego le he hecho beber su esperma de mi boca.

He bebido sus besos con mi clítoris.

Alcánzame la botella, pide. Está vacía, respondo. No queda nada por beber.

Saqué los vestidos de las cajas, mis pobres vestidos desdeñados. Mi vestido verde hasta el suelo, bordado delante, comprado una feliz tarde en Cartagena. Mi vestido carmelita y oro, comprado una fría mañana en Nueva York. Mi vestido rojo, transparente, comprado una loca noche en Moscú.

Los abro encima de la cama, acaricio las telas con las manos. Huelen a guardado. Un olor triste, casi angustioso.

Cuando regreso del mercado, él aun está dormido.

Me siento en el piso a mirarlo.

¡Que feo es!

Tiene toda la cara llena de arrugas y baches y los caños negros de la barba sin afeitar le dan un toque de vagabundo o mendigo o las dos cosas.

No sé cómo puedo amar a ese tipo.

No sé cómo puedo besarlo y acariciarlo.

No sé...

Paso la punta de los dedos por el pelo y se abren los ojos y se ilumina el rostro.

Es el tipo más lindo que he visto en mi vida.

Ayer te extrañé, dice.

Uhm... Yo también. Me masturbé pensando en ti; eso no se lo digo, no hace falta.

Pero no te extrañé en la cama...

¿Ah, no?

No, te extrañé en el baño...

Limpio el baño. Echo salfumante y restriego con el cepillo. Echo detergente y agua y restriego con el cepillo.

Mi baño quedará estéril, limpio, reluciente.

Mi casa, mi ropa, mi cuerpo, todo en mi vida quedará pulcro como si nunca hubieses existido.

No sé qué hacer, dije.

No-quiero-seguir-contigo-no-, repetían las gotas en las palanganas.

Yo tampoco sé.

¿Ya te aquilataste?, quise preguntar, pero no pregunté.

No-quiero-seguir-contigo-, gritaban las gotas.

Yo también quise gritar, pero no lo hice.

Tú también quisiste gritar, pero no lo hiciste.

Creo que sí te quiero, dije. Eso sí lo dije.

Déjame maquillarte.

Bueno, pero no pidas que me mire en el espejo.

Cierra los ojos. Ábrelos y mira para arriba. Abre un poco la boca, sólo un poquito... Ciérrala. Cierra los ojos y no los muevas. Listo. Ya puedes mirarte, no, espera... Ponte esto. Es mi vestido más querido. Lo compré una feliz tarde en Cartagena, una fría mañana en Nueva York, una loca noche en Moscú. He bailado con él tango en París y vals en Barcelona. ¿Recuerdas Barcelona? Bailemos, algo bien árabe, bien familiar...

Bailamos.

Bailamos.

Bailamos.

Ya puedes mirarte en el espejo.

*

Te he escrito una carta.
 Yo también te he escrito.
 Léeme la tuya primero.
 No, primero tú.
 Vamos a leer juntos.
 Bueno...
 Uno, dos... y tres.
 "Amor mío"...

Me enjabono las manos y las paso enjabonadas por tu cuello. La piel de tu cuello deja de ser piel, ya es una corteza de abedul. ¿Has visto los abedules bajo la nevada? Paso las manos enjabonadas por el pecho, me pego mucho para pasarlas por la espalda, me abrazo mucho y me enjabono mi pecho con su pecho enjabonado, mi barriga con su barriga. Me enjabono las manos y acaricio el sexo. ¿Así?, digo. Me abrazo toda y enjabono mi sexo con su sexo enjabonado. Así, dices. Luego me agacho y pongo tu pie derecho sobre mis muslos y enjabono los dedos y la planta del pie y su mano derecha sigue enjabonando su sexo, despacio, dios mío, dios mío.

¿Quieres que te traiga agua?
 No, gracias...
 ¿Quieres que haga café?
 No.
 ¿Tienes hambre?
 No. No. No.
 Gotas de silencio a través del silencio.

"Amor mío:

"Te escribiré que te extraño, que mi piel se torna seca de soledad, que mis manos no encuentran apoyo, que mis días sin ti se estiran interminablemente, que mis noches sin ti...

"Le contesté que no importaba, que por fin, después de tanto tiempo, la soledad se me disfrazaba de contrario, de ternura, sucesora de tantas pisadas llenas de barro y sangre y esperma marchito..."

Me voy.

Claro.

Es una pregunta.

Todavía no.

El tiempo se vuelve un caracol y se enrosca en nuestras manos. Nuestras manos se enlazan y la gotera cesa por una eternidad. Por dos eternidades. Por tres.

No te vayas todavía; va a pasar mucho tiempo sin vernos, yo no te llamaré...

¿No? – pareces sorprendido.

Vuelve a gotear agua churriosa desde el techo, vuelve a estrellarse contra el agua churriosa en el piso.

No.

¿Recuerdas cómo templaban nuestras manos?

Recuerdo. Recuerdo cómo templaban las manos (una gota) y los ojos y las bocas (otra gota).

Te amo.

Otra gota.

Otra gota.

Otra gota.

Me rompí en mil pedazos y el pedazo más grande dijo palabras irreversibles y los otros quedaron mudos de dolor.

¿Ya te aquilataste? ¿Ya? Llévate este libro, que es tuyo y este y este, no, este déjamelo, no, llévatelo, da lo mismo... ¿Quieres llevarte algo más?

Vuelvo enseguida, sólo voy a buscar cigarros...

¿Ya te aquilataste del golpe?

¿Quieres que traiga algo de comer?

¿Comer?

Sí, dime qué te gustaría comer...

Crema batida con fresas, canapé de caviar (mantequilla y pan negro, por supuesto)...

No, en serio...

¿Te quieres casar conmigo?

No, no, que me asustarás.

Me voy.

¿Es una pregunta?

No.

Bueno.

Me voy. De mi techo cae una cascada. Me voy.

Bueno, me encojo de hombros. Sonrío.

Con la escoba quito las telarañas. Todas. Pero vuelven a salir. Las cucarachas hacen una ronda en el piso. (Mi piso es muy lindo: cuadrados negros, cuadrados blancos, como un tablero de ajedrez). Las cucarachas y los ratones y las arañas y la humedad en las paredes y las goteras hacen una ronda en el piso. (Mi piso está muy limpio, cuando camino, veo cómo se reflejan mis piernas y mi blúmer). Mi casa se va a caer. Mi casa se derrumbará y yo quedaré sepultada bajo la lluvia y el silencio y ese olor a guardado. Un olor triste, casi angustioso.

"Amor mío:

"Te observo fijamente. Los ojos, el cuerpo desnudo. Respiro tu olor de deseo. Presencio tu impresencia de algún día... Quisiera evitar que descuartices tus (mis) gaviotas..."

Trato de salir debajo de los escombros, trago cenizas, toso. Mis cucarachas y mis telarañas hacen una ronda en el piso. (Mi piso es suave como una alfombra y tibio). Pero estoy definitivamente sepultada. No me aquilato. Nunca llegaré hasta el teléfono. Nunca podré llegar.

TALLER DE EXPURGO

L LENÓ LA JARRA de agua y vertió esta dentro de la palangana de esmalte azul. Volvió a llenarla, mirando siempre cómo brotaba el chorro de la pila y se precipitaba al interior del recipiente plástico, cómo saltaban gotas fuera, minúsculas gotas suicidas... Cerró la pila y vació la jarra en la palangana.

– ¿Porqué te demoras? – sonó a sus espaldas la voz de la mujer.

– Ya casi está...

Quitó del fuego la cazuela de agua humeante usando una toalla a cuadros grises y rosa, se inclinó y despacio, con mucho cuidado, echó en la palangana el agua caliente. Se tiró la toalla sobre el hombro izquierdo.

– Ya casi está – repitió.

– No sé por qué te tienes que demorar tanto – la oyó refunfuñar – Sabes que detesto esperar...

No contestó. Levantó la palangana y la llevó hasta la silla de hierro, en el otro extremo de la habitación. La puso en el piso delante de la silla y extendió la toalla al lado. Buscó en el estante un jabón prieto, lo puso encima de la toalla, sacó del bolsillo una navaja, la abrió, pasó suavemente el índice por la parte filosa, acarició el filo con el índice.

– Ven...

– Llévame tú.

Sonrió. Colocó la cuchilla a un lado del jabón. Con pasos suaves entró al cuarto continuo y regresó con la mujer en los brazos.

Era una mujer que alguna vez fue bella, quizá en exceso. Todavía mostraba ciertos rasgos seductores (las cejas oscuras y espesas, la pequeña nariz, un abundante cabello auténticamente dorado), pero el tiempo y el mal trato la habían lacerado despiadadamente. Lucía una piel amarillenta y fláccida sobre las carnes de escualidez turbadora. Reía con carcajadas menudas de un modo casi maligno agitando las piernas en el aire. Reía con la boca y con todas las arrugas del rostro y con el cuerpo, aunque los grises ojos se mantenían graves como gemas.

El hombre la colocó encima de la silla extremadamente despacio, tomó con ambas manos su pie derecho, lo sumergió dentro del agua, tomó el izquierdo, se agachó, besó los dedos uno a uno, luego lo introdujo también dentro de la palangana.

– Qué rico...

La mujer sonreía con fiereza.

El se arrodilló en el piso y fue mojando sus manos lentamente y con las manos mojaba lentamente las piernas de la mujer, desde las suelas hasta las rodillas.

– Suave – dijo ella ya sin sonreír y se desabotonó en el pecho la bata de una tela muy leve, muy vibrante, color amarillo pálido, mortecino.

Quedaron al descubierto sus senos flacos con dos pezones enormes.

– Suave...

El hombre tomó el jabón, lo mojó, lo froto entre las manos hasta lograr copiosa espuma. Comenzó a untar de espuma las piernas húmedas, siempre desde abajo hacia arriba.

Ella frotaba los pezones con las puntas de los dedos. Tenía los ojos semicerrados y la boca semiabierta. Entre los ojos asomaban unas pupilas brillantes, de la boca brotaba la respiración algo asmática. De vez en vez se le escapaba un suspiro, casi gemido, entonces él levantaba la vista y sonreía.

– Así... Suave...

Él volvió a coger la pastilla de jabón para sacarle más espuma.

– No te detengas – murmuró ella.

Con la mano derecha desabotonó el resto de la bata, mientras que daba impetuosos pellizcos en los pezones con la izquierda. Su boca temblaba.

– Sigue, por favor – su voz también temblaba.

El hombre acarició las piernas enjabonadas con las palmas enjabonadas.

– ¿Empiezo ya a.. ?

No hubo respuesta comprensible, sólo un quejido y él alcanzó quedamente la navaja. Hizo como por acariciar su filo de nuevo, pero se arrepintió en el último instante y la acercó a la pierna derecha de la mujer y rozó la pierna suavemente con el metal.

Ella con un breve gesto convulso bajó los dedos de ambas manos hasta la entrepierna.

– Qué rico... Me gusta... Me gusta...

Él la miró desde abajo a tiempo que pasaba cuidadosamente la cuchilla por la piel.

– Algún día te cortaré... Me temblará la mano y la cuchilla resbalará abriéndote el pellejo... – hablaba como para sí, sin intonación ni expresión significativos, como quien habla del calor que hace y lo caro que está todo en el mercado – O tal vez sea adrede, te cortaré para ver tu sangre, para ver de qué color es tu sangre, para olerla, para... Te cortaré una y otra vez, despacio, así, suave...

– Suave... – repitió ella como un eco.

– Te cortaré el cuello y me sentaré a mirar cómo te desangras, tranquilo, sin prisa, cómo...

Ella jadeaba violentamente moviendo los dedos entre los enroscados y mustios pelos. No parecía escucharlo, aunque lo escuchaba y él lo sabía, y le gustaba lo que oía y eso también él lo sabía.

– Entonces cuando tu sangre...

– Quítate la ropa – lo interrumpió ella bruscamente.

El hombre la miró irónico, pero esta vez sin llegar a sonreír. Bajó la navaja al piso, se incorporó. Comenzó a desabrocharse la camisa.

– ¡Apúrate!

La cara de la mujer había perdido su palidez, aquí y allá florecían manchas purpúreas, sus dientes castañeteaban y los ojos miraban sin ver con una expresión límite entre la angustia, el deleite y la ira.

Poco a poco, sin hacerle ningún caso a la urgencia de ella, él se desnudaba. Era feo, lo que se dice feo. Y no por la edad, era evidente que cargaba con menos años que ella, simplemente nunca fue atractivo. Bajo, de piernas cortas y espalda desproporcionadamente larga, con esa barriga abombada y caída de gente sedentaria, los débiles brazos y el pecho lampiño, el hombre tenía más de rana que de hombre. Sólo la mirada lo salvaba, ese sello de paz y lucidez que le permitía tomarse su tiempo mientras sus ojos pasaban tranquilos de un objeto a otro, de la mujer a la palangana, de la palangana al broche del pantalón, del broche a las manos de la mujer que tiritaban exasperadas sobre su sexo, del sexo de la mujer hacia la navaja abierta en el piso; así mirar, desnudarse, respirar tranquilo...

– ¡Dale! – gritó ella estremeciéndose con todo el cuerpo.

Entonces él se quitó el calzoncillo. Un calzoncillo grisáceo de tanto uso, con pequeños agujeros abiertos por algún insecto, tal vez cucaracha, un triste calzoncillo de hombre solitario. Ella gritó palabras torpes sacudiéndose con el cuerpo entero, poniendo los ojos en blanco, volcando con las piernas turbulentas el agua de la palangana, contorcionando la cara de muñeca decadente, llorando y riendo a la vez. Él esperó paciente con su sonrisa tranquila a que ella se relajase derramando el cuerpo sobre la silla de hierro, jadeando hondo. Luego se cubrió las cortadas y cicatrices de sus genitales rasurados con el infeliz calzoncillo marchito.

– Algún día... – auguró – algún día... – pero no terminó la frase.

Nunca lo hacía.

A ORILLAS DEL BAÑO

Porque Carolina había soñado toda su vida con meterse dentro de una bañadera / o tal vez porque Nany hablaba sin parar de cómo sería amarse sumergidas en agua tibia y perfumada / o porque las dos estaban hastiadas del microscópico baño / siempre maloliente y tan dificultoso para cualquier movimiento / o quizá ni siquiera se habían puesto de acuerdo / al menos verbalmente / alguna mirada / uno que otro suspiro / y "qué rico hubiera sido si..." / pero es que toda la vida / esa breve vida que llevaban juntas / estaba llena de suspiros y suposiciones y sueños / y Carolina tan delgada / con el pelo rojizo y largo hasta las rodillas / suspiraba bajando los ojos / pasando los dedos por el pecho de Nany / soñando en voz alta / "si pudiéramos ir a alguna parte juntas y bailar y besarnos/ si pudiéramos amarnos en un bosque o en un campo recién arado o en la playa/ si al menos tuviéramos una bañadera..." / y Nany que era mayor / más alta y más rolliza / más llena de efervescencias / con esos brazos cubiertos de pelos negros enredados en la cabellera roja / con esas cejas unidas y el lunar sobre la esquina del labio / y la lengua prometiendo entre salivazos / nadie mejor que Nany para cumplir promesas / para llegar cada vez con un regalo original / revelando como aquel mago que saca conejos del sombrero / delante de los ojos admirados de la amiga / una manzana o una pluma de pavo real o una rosa amarilla o una piedra con anillos rojos vistos a trasluz / y Carolina que ríe y abraza y esa noche ama con más ímpetu / y Nany estremeciéndose con más fuerzas entre sus piernas / y a la mañana siguiente estornudando de tanto polvo que acumulan los anticuarios / hurgando entre libros de estampas curiosas y joyeros de plata labrada / mientras Carolina se trenza su lluvia roja antes de salir de compras / antes de buscar malangas para las frituras que tanto le gustan a Nany y yucas para los buñuelos y quimbombó y langostinos y una caneca de ron para después de la comida / cuando Nany se sienta en el sillón con el lunar temblándole entre la sonrisa y la copa / que Carolina le llena despacio echada a sus pies / y cae la tarde tan lentamente / tan igual que la tarde anterior / y la otra / y la otra / tan previsible / por eso Nany vuelve a salir de la tienda irritada / entrando en la siguiente en busca de algo totalmente insólito / algo que haga romper los ritmos preconcebidos / algo que traspase dimensiones / al igual que Carolina / tan distraída en busca de langostinos / y los olores del mercado / y los pregones / no desea langostinos para esa noche / ni frituras ni quimbombó / un regalo / eso / un regalo para no asfixiarse en la rutina / deja atrás los olores y pregones / admirando su reflejo en las vidrieras / leyendo de vez en vez los anuncios / imaginando un regalo para la otra / el regalo perfecto / el único posible / que descubre Nany en la décima o décimo primera tienda explorada / y respira hondo como cuando Carolina le pasa la mano por la espalda / contesta al azar sin comprender al tendero / que admirado acaricia con la vista el pelo rojizo mientras recita automáticamente los precios y las facilidades

/ pero Carolina no lo oye / imaginando cómo temblará el lunar sobre el labio / y se agitará la respiración como cuando ella le pasa la mano por la espalda / qué otra cosa podría ser / para el cuerpo frágil y volátil rodeado de cabellos rojizos como una aureola / para el orondo cuerpo cubierto de pelos negros / Nany paga al contado sin ni siquiera pedir rebaja / manda a envolver en papel de plata / da la dirección que el vendedor apunta pegando mucho la libretica a los ojos miopes / Carolina cuenta el dinero con los dedos nerviosos / se confunde / vuelve a contar / parece que no le alcanza / pero el tendero la ayuda con la sonrisa voluptuosa / esa noche se masturbará pensando en la muchacha de sutil figura / que agradece con voz titubeante / manda a llevar el regalo lo más pronto posible / "enseguida, señorita" / aprieta la cesta vacía / ya un poco asustada por su osadía / pero Nany sonríe / Nany siempre tan magnánima / sonríe durante el viaje de regreso / sube las escaleras / las interminables escaleras sin ocultar la sonrisa / mientras Carolina les indica a los hombres que dejen el objeto ahí mismo / en el medio de la sala y estos se secan el sudor / se despiden / casi tropiezan con Nany que todavía sonríe / todavía durante un rato / en lo que vienen los otros encargados con el otro bulto / el envuelto en papel de plata / Carolina no lo puede creer / aunque sabe / lo adivinó por los contornos y el silencio tembloroso de la amiga / quita lentamente el papel / se echa a reír / le resulta sumamente gracioso / aplastantemente gracioso / ríe y ríe sin contenerse / es entonces cuando Nany se abalanza contra ella / la tumba / le comprime el cuello con los dedos / lo suelta para abofetear la cara contorcionada por la tos una y otra vez / el cabello rojizo se enreda en sus dedos que tiran para los lados arrancando mechones / luego mete los mechones arrancados dentro de la boca abierta en una mueca de angustia / "cállate – ordena – cállate, so' puta, cállate" / pero se descubre llorando a la par / o quizá con más desconsuelo / pensando oscuramente que en una casa no puede haber dos bañaderas / como no puede haber dos soles o dos mujeres amándose sin tristeza / esa tristeza que acompaña cualquier relación intensa y clandestina / esa tristeza que a partir de ese momento se impondrá con más rigor / llevando a Nany a esporádicos ataques de furia / violentos ataques de crueldad / convirtiendo a Carolina en una sombra / atormentada y resentida / y andarán las dos por la casa / tropezando con las bañeras / cambiándolas de lugar constantemente sin encontrarles un sitio feliz / donde no acumulen polvo y telarañas y amarguras / evitarán las bañaderas / las alusiones a las bañaderas / los regalos mutuos / las cortesías / los detalles / las conversaciones / las caricias / hasta comenzar a evitarse ellas mismas / tropezar y desviar la vista / como cuando uno tropieza con un perro sarnoso que le da lástima y asco a la vez / hasta un día cualquiera que se junten en la sala nuevamente entre las dos bañaderas sin poder desviarse / y se miren / y Carolina murmure una disculpa o un pretexto o una palabra de cariño / y Nany rompa a llorar de vergüenza / de dolor / de algo ignorado y sublime / es entonces cuando Carolina se abalanzará sobre ella con toda la ternura contenida / la tumbará y esta caerá dentro de la bañadera vacía / la que le quedaba más cerca / la que había llegado envuelta en papel de plata / caerá con el sonido penetrante de un vaso roto / se quedará quieta dentro / tan inmóvil en el fondo nacarado / tan apagada a pesar de las sacudidas que le dará Carolina / los tirones / las bofetadas / sólo el pelo negro se tornará más negro encima del cuello y la espalda / negro y húmedo / negro y manso / como los besos al atardecer / piensa Carolina meciéndose en el sillón / se mese / se mese / el sillón se queja metódicamente / exagerantemente / Carolina se mese / el sillón se mese / se queja / hasta que enmudece de pronto / ella se ha levantado / ha tomado una determinación / se acerca a la bañadera / a la otra / la que había comprado en lugar de langostinos / blanca coco / se mete dentro / se acuesta / comienza a golpear la cabeza contra el fondo / una y otra vez / una y otra vez / una y otra vez

LAS VENTANAS

*Asomado a la ventana, con la mano
en el puño de la daga, Lisuarte contemplaba
abstraído la ciudad cercana y distante, irreal.*
MIGUEL COLLAZO

6.00

EL SONIDO IRRITANTE del despertador hace trizas el sueño. Todavía intentas rescatar algunas imágenes, pero el timbre es implacable. Bajas los pies estremeciéndote por el violento contacto con la realidad, apagas el reloj, te levantas, desciendes la escalera de la barbacoa.

Me gustaría apuntarme en un gimnasio para hacer ejercicios; aeróbicos, baños de vapor, masajes, cera... Correr por el malecón... Montar bicicleta... Pasear... Nadar en una piscina... Yakussi...

Preparas la cafetera, te lavas sin demasiado afán, te cepillas los dientes, revuelves el azúcar con el café, bebes del jarro quemándote, prendes un cigarro.

Tal vez fumaría menos. Y comería vegetales, sólo frutas y vegetales. Y flores: marpacíficos, girasoles, azucenas... Me volvería liviana y luminosa, me volvería libre...

Aplastas la colilla dentro del fregadero, organizas la mesa de trabajo: el barro, los palillos, la barbotina, prendes otro cigarro; abres la ventana de la sala que da al pasillo y a la puerta de casa de Vivian del otro lado del pasillo; abres la puerta de la cocina que da a la escalera de la azotea; abres la ventana del taller que da al hueco de ventilación y más allá a la ventana de la vieja María y más abajo al patio de la gente de la otra escalera; miras un rato al loco de abajo que hace murumacas con las manos contándole a alguien invisible una historia que no alcanzas a escuchar; tiras el cabo al hueco y lo ves caer dentro del charco de agua verdosa en el fondo. Te sientas delante de la mesa.

7.00

Quisiera aprender inglés. Quisiera ser guía turística paseando a los extranjeros por las calles de mi ciudad y explicarles en inglés todas esas cosas de arquitectura y Colón y la identidad nacional... O francés, me parece más bonito. Dicen que París está lleno de mujeres solas, ¡cómo si la Habana fuera diferente! Nada más en este piso de los quince apartamentos, trece son de mujeres solas o mujeres solas con niños, y la Liza mejor no tuviera marido, la pobre, porque para el que tiene... Y la otra, Clarita, el marido no bebe ni le cae a trompadas, pero lo mismo está que no está y no es fácil... Me gustaría casarme con un francés. Que me diga palabras bonitas en la cama y que me saque a pasear, al malecón, al Prado... Y que me compre un vestido violeta. Siempre he querido tener un vestido violeta... Y flores. Rosas amarillas y rojas y blancas. Bien grandotonas.

Tus manos conocen el trabajo: moldear una salchicha gorda de barro, separarla en trozos iguales, colocar cuatro filas de a diez. Serán veinte muñecas, veinte cabezas y veinte cuerpos, todos iguales. Tus manos rápidas y seguras se mueven sin un desplazamiento inútil, sin una imprecisión.

8.00

Tocan a la puerta.

Te limpias en un paño, abres, saludas con un beso insulso a tu madre. Ha venido a limpiar tu casa, a cocinarte, hacer los mandados, lavar la ropa sucia y pedir dinero. Todos los días igual. Te adelantas, le entregas los billetes preparados, no tienes ganas de soportar sus eternos lloriqueos. Vuelves a la mesa pasando de alto los comentarios sobre el tiempo y las necesidades que se pasan.

Necesidades... Necesito un perro. Para que se acueste a mis pies y me mire a los ojos. Necesito una mata de violetas. Una regadera de juguete para echarle agua a la mata por las tardes cuando se ponga el sol. Un hijo y un padre para el hijo y muchos juguetes bonitos y ropitas de revistas. También necesito dormir un día entero sin levantarme, nada más que a comer y al baño. Y limpiar yo misma mi casa, losa por losa, losa negra, losa blanca, losa negra... Y caminar por el Bulevar, ver gente, rozarla, oler la calle después del aguacero, los carros, los turistas... Un montón de amigos que vengan a beber vino hecho por mí... Y que se paren todos los relojes del mundo.

9.00

Las dos primeras filas son los cuerpos, las otras dos, las cabezas. Moldeas conos, con el índice marcas los pliegues de las sayas, todas iguales; modelas bolas, con el índice marcas las cavidades de los ojos. Los agrupas en cuatro filas, todo en un orden predeterminado y vulgar. Tu madre a tus espaldas cuenta que tu hermana Felicia está en estado. Pide dinero para la canastilla de tu hermana menor, la pobre, estudiando en la Universidad y ahora con un muchacho... Cuenta que tu hermano Damián pasa hambre en la beca, hace falta dinero para que tu hermanito coma leche condensada y carne rusa y galletas de soda con mayonesa que le gustan tanto... Cuenta que tu padre se hace pipi y caca y hace falta dinero para las medicinas. No habla del dinero que necesita para el ron, ese ya se lo diste...

10.00

Tu madre sale al mercado y aprovechas para levantarte, beber un buchito de café, prender un cigarro, caminar pisando sólo las losas blancas.

Ahora se tomará su par de tragos en la cafetería del frente y se pondrá contenta... Pobre mamá... Le tiemblan las manos y ha perdido el color de los ojos. Mira que charco dejó en el medio de la sala, ya no puede ni exprimir la frazada. Quisiera que de pronto nos llamen para cobrar una herencia enorme, un millón o algo así y que Felicia no se vuelva a sacar al chiquito, ya sería el quinto en dos años y que papi y Damián y mamá y yo, dios mío, yo...

Te sientas a la mesa, abres el pomo con la barbotina, mojas el pincel, pasas la punta del pincel mojado en barbotina por la parte inferior del primer cuerpo, separas un pedacito de barro, formas dos bolitas, las alargas un poco y las pegas en las manchas de barbotina. Son los pies. Vas pegando los pies a cada uno de los cuerpos, todos iguales.

Y no tener que tomar el barro en las manos más nunca. Olvidarme de cómo se hacen las malditas muñecas, despertar una mañana y quedarme en la cama hasta tarde y que no venga mamá y que sea muy feliz sin que yo tenga que darle dinero todos los días. Y poder salir a caminar por la calle y sentarme en el Parque Central a fumarme un cigarro o dos y que todos los negritos se metan conmigo y me digan piropos y volverles la cara escondiendo la sonrisa en la barriga y por la tarde elegir al más bonito, más inteligente para decirle sí. Para decirle ¿qué me ofreces? ¿Salir? Salgamos. ¿Bailar? Bailemos. ¿Templar? Templemos. Traerlo a mi casa pasando lentamente por la calle para que todos nos vean juntos, pasar por delante de la puerta de las tres Juanas y que revienten de envidia, de la vieja María para que sonría: esa chiquita e'candela, quién lo hubiera imaginao, pasar por delante de la puerta de Liza y de Sonia y de Anamercy sonriéndoles a todas, sonriendo feliz...

Regresa tu madre apestando a alcohol. Se pone a trastear las cazuelas, habla, habla sin parar, te mete en la cabeza ruidos de problemas insolubles, de preocupaciones rancias, como si tuvieras que cargar con todo el dolor del mundo. La oyes a medias, manipulas entre los dedos el frío barro, fumas, piensas...

11.00

No me imagino qué pasaría si yo algún día me enfermara. Supongo que tendría que trabajar enferma, ella no me dejaría en paz, mira hasta dónde llevó a papá... Y pensar que hay personas en el mundo tan felices... Gente que se reúne alrededor de una mesa bien servida, que conversa de libros, de música... Me tengo que comprar una grabadora. Para oír sólo cosas suaves, cosas que me hagan olvidar... Y cortinas. Una cortina para cada ventana, no ver ese pasillo cochino y al loco de allá abajo y las puertas de toda esa gente. Cortinas con paisajes. En la sala, un paisaje de la playa con palmeras y un barco velero y un sol poniéndose en el mar. En el cuarto una cortina con montañas y vacas y una casita con chimenea y un lago con cisnes. En el taller una cortina con vista de la Habana, para ver las calles y los edificios coloniales y los autos americanos, esa es la primera que quiero, en ningún lugar he visto una cortina así, pero si hago bastante muñequitas, ahorraría y se la encargaría a cualquier pintor de la Plaza... Quisiera aprender a pintar y llenar mi casa de pinturas. Cuadros en todas las paredes y también piezas de barro, ¿porqué no? Pero no muñequitas, eso jamás, piezas complejas, originales, tengo tantas ideas dentro...

Ya has pegado todas las piernas y todas las cabezas a los cuerpos. Tienes delante veinte figuras mancas, veinte odiosas figuras.

12.00

Tu madre anuncia que la comida está lista. Ha vuelto a cocinar espaguetis con salsa. Tratas de dominar la mueca de asco y agradeces. Vuelvo mañana, promete tu madre. Hoy no lavé porque hay que comprar fa. Te mira expectante. Sacas el dinero que queda, lo habías guardado para los dulces que trae La China en las tardes – señoritas, masareales, tartaletas que endulzan la vida – pero prefieres dárselo a tu madre y que se acabe de ir, que acabe de irse al bar a emborracharse con sus amigos, que acabe de reventar en alguna esquina del barrio Colón.

Se va.

Tragas sin masticar ni saborear demasiado, tomas agua, café, fumas.

Sólo quedan dos horas para terminar el modelado, luego debes pintar las piezas que hiciste ayer, a las ocho viene Luis Esteban a llevárselas pagándote con otro delgado bultico de billetes, que irán mañana al bolsillo de tu madre... Día tras día igual, como si los hubieran calcado, sólo tú cambias: cada día te sientes un poco más triste, un poco más cansada...

13.00

Cuando yo era una niña me gustaba cerrar los ojos fuerte-fuerte y luego abrirlos de golpe. La luz entraba en las pupilas casi dolorosamente y todo alrededor se veía mágico. También me gustaba mirar por la ventana. Todas las ventanas en casa de papá dan a la calle y se ve la gente pasar de un lado a otro y la guagua número quince y los carros y un pedacito del parque. ¡Me gusta tanto la casa de papá! Esta también me gusta, aunque me gustaba más antes cuando los abuelos estaban vivos... Quiero una casa con ventanas a la calle. Una casa con jardín y muchas matas, pero que tenga el piso como esta, de mármol negro y blanco y el techo como el mío, de vigas, pero que no haya goteras ni cucarachas y que siempre pueda salir. Tal vez no salga tanto, pero que pueda salir...

Pegas rápidamente los brazos con frutas, flores, maracas, abanicos. Ya casi están listas, las veinte muñecas de hoy, las eternas veinte muñecas.

14.00

Las acabas, las amontonas alrededor de la hornilla, prendes el gas para que se sequen más rápido, recoges la mesa, te preparas a pintar las otras veinte.

Hace un par de años mamá clausuró la ventana del baño. Es la única ventana de esta casa que da para la calle. Es muy alta, pero yo me paraba encima de la tasa a mirar como pasa la gente. Se atrasaba el trabajo, Luis Esteban se molestaba, mamá se molestaba, pero no lo podía evitar, todos los días al caer la tarde iba al baño, me encaramaba en la tasa y miraba para fuera. Hasta que al fin ella me descubrió y le clavó tablas gordísimas para que nunca lo vuelva a hacer...

Pones en fila los pomos de pintura, acomodas delante de cada pomo las muñecas correspondientes por colores, abres el primero, el blanco, mojas el pincel...

No sé por qué la muñeca con el ramo de rosas tiene que ser blanca y la del melón, azul y la de los girasoles, violeta...

Dejas la muñeca a un lado y te pintas anillos blancos alrededor de cada dedo de la mano izquierda.

No comprendo por qué los girasoles tienen que ser amarillos y no rosados, por ejemplo, o azules, cual es la razón por la que no pueda haber una muñeca púrpura en vez de carmelita si el color púrpura es tan bonito que hasta una película le hicieron, aunque no la he visto...

Abres todas las pinturas y coloreas círculos, flores, estrellas y puntos en tu mano izquierda.

Puede que sea una muñeca extraterrestre y tenga la piel de pinticos y se alimente de rosas y viva debajo de los faroles...

Pintas cada uña de un tono diferente, las decoras con figuras.

Puede que sea una muñeca libre...

Te levantas, vas al baño y miras la ventana clausurada. Está bien clausurada. Pero sabes que la vas a abrir, sabes que debes abrirla.

Si la muñeca quiere salir a pasear, sale y ya está, nadie la puede detener...

Revuelves en el estante de los instrumentos que fueron del abuelo.

Abuelo decía: tú vas a llegar muy lejos, eres una iluminada, tienes el hálito...

Tiras el martillo, derramas las puntillas, miras unos instantes el serrucho, pero lo dejas de lado.

¿Qué es el hálito? ¿Es algo como el aliento? ¿Un aliento especial?

Del fondo de la caja de herramientas sacas un hacha.

Un aliento como el de las hadas, imaginaba yo y cerraba los ojos fuerte y los abría rápido y veía al abuelo con una luz de plata alrededor y abuela con la luz dorada y toda la casa brillando y las telarañas de todos los colores y el piso negro y blanco, pero sólo caminaba por las losas blancas, sólo las blancas...

Regresas al baño, subes encima de la tasa y das hachazos en la madera. Sudas, pierdes el equilibrio, lo recuperas, rompes las tablas que están podridas, tienen comején, como todo en esa casa tuya, arrancas las tablas con las manos hiriéndote los dedos, te asomas por la rendija.

La calle... Sigue igual, la misma calle con las mismas farolas y edificios, como si no hubieran pasado los años. La gente que se mueve apurada, ¿a dónde irán? La gente que camina despacio, los turistas, los niños... Si pudiera salir, dios mío, si pudiera salir... Si la muñeca quiere salir, sale, nadie la puede detener...

Intentas meter la cabeza por la rendija, pero no cabe, es demasiado grande tu cabeza o demasiado pequeña la rendija... Entonces sacas las manos, las agitas allá afuera, haces murumacas con los dedos como el vecino loco del piso de abajo que ves todas las mañanas. Al menos tus manos son libres...

Al menos mis manos son libres...

Entonces se te ocurre y te bajas de la tasa de un salto y vuelves a coger el hacha, pones la mano izquierda, la que está pintada de colores, encima del quicio de la poseta, levantas el hacha y la bajas con todas las fuerzas encima de la mano. No sientes dolor, mas bien una conmoción muy fuerte que casi te hace perder el conocimiento, pero la dominas, recoges del charco de sangre los cuatro dedos con la mano ilesa y te vuelves a subir en la tasa.

Tiras un dedo, el meñique y este cae a la calle y se pone a hacer ejercicios, aeróbicos, baños de vapor, masajes, cera... Corre por el malecón... Monta bicicleta... Pasea... Nada en una piscina... Yakussi... Lanzas el anular y este aprende inglés, francés y alemán, se casa con el extranjero que lo lleva a París y le regala el vestido violeta y las rosas y un hijo y un perro y una casa con ventanas a la calle... Arrojas el del medio y el del medio comienza a pintar y llena el mundo de cuadros inigualables y piezas de cerámica jamás vistas y se hace muy millonario y reparte los millones entre los necesitados y la mamá lo abraza y deja de beber y el papá se levanta de la silla de ruedas y Felicia al fin se deja la barriga y Damián al fin come leche condensada y galletas con mayonesa... Reúnes las últimas fuerzas, tus últimas fuerzas para dejar caer tras la ventana el dedo índice y miras cómo tu dedo índice pasea por el Bulevar, camina lentamente por la calle, se sienta en el Parque Central a fumarse un cigarro o dos y todos los negritos se meten con él y le dicen piropos y él les vuelve la cara escondiendo la sonrisa en la barriga y por la tarde elige al más bonito, más inteligente para decirle sí. Para decirle ¿qué me ofreces? ¿Salir? Salgamos. ¿Bailar? Bailemos. ¿Templar? Templemos. Lo trae a casa pasando lentamente por la calle para que los vecinos los vean juntos, tiemplan, tiemplan, tiemplan y se paran todos los relojes del mundo.

ENTRE EL SUELO Y EL CIELO:

LA BARBACOA

1

FELIPE DESPERTÓ SOBRESALTADO. Los rayos del sol entraban por las rendijas de las persianas y se esparcían en la sábana y la piel y le hacían cosquillas en la nariz. Se incorporó mirando alrededor con ojos llenos de pánico, pero se tranquilizó al ver el rostro apacible de Elvira tan cerca del suyo. Acarició en el blanco pelo de la mujer las manchas de luz, intentando quedarse nuevamente dormido.

2

Felipe despertó sobresaltado. Se incorporó mirando alrededor con ojos llenos de pánico, pero recordó que no tenía por qué preocuparse. Por los rayos de sol que entraban tras las rendijas de las persianas comprendió que era mucho más del mediodía. Se pegó de costado todo lo que pudo al cuerpo de Elvira y observó largamente el techo de vigas sólidas y regulares. Descubrió una telaraña entre la tercera y cuarta viga (contando desde la cabecera), se entretuvo descifrando las figuras del tejido sofisticado, hasta que se cansó. Cerró los ojos y se obligó a dormirse nuevamente.

3

Felipe despertó con un sobresalto, pero se calmó de inmediato. Mantuvo los ojos cerrados todo el tiempo que le fue posible. Cuando no resistió más, los abrió dejando entrar tras los párpados la difusa luz de la tarde que se filtraba por las rendijas de las persianas. Escuchó los ruidos del edificio con gran atención; el pequeño hormiguero dividido en cubículos incomunicados. El suyo era un cubículo privilegiado, reconoció casi con agrado. Tenía cocina y baño propios. Tenía buena ventilación, firme estructura, amplitud y una cenefa de flores en buen estado de conservación en torno a las paredes. También telarañas de sofisticado tejido. Felipe se forzó a pensar en su casa, en cada rincón, cada detalle con el secreto anhelo de volver a dormirse. Después de cierto tiempo y ajetreo, lo logró.

4

Felipe despertó. Con disgusto notó que afuera caía la noche. El cuarto estaba sumido en una oscuridad casi absoluta. Miró a la mujer a su lado, pero no lograba distinguir las facciones; la mujer a su lado era un borrón impreciso. "Tengo hambre", se quejó. "Tengo ganas de ir al baño y hambre"... Se sentó en la cama, bajó los pies, tomó una mano de Elvira y la sacudió. "Me estoy haciendo pipi", le dijo. "Y no tengo más sueño, no puedo dormir más, no puedo más"... Se incorporó, dio la vuelta y arrastró por los brazos a la mujer. Un pie golpeó el piso de madera, el otro repitió el sonido. Pesaba. Felipe la acostó al lado de la cama y se dejó caer poco más o menos encima, jadeando por el esfuerzo. "Acompáñame al baño, por favor" – pidió con voz queda – "tengo miedo"... Se volvió a levantar y haló por los brazos a Elvira llevándola hasta la base de la escalera. Miró para abajo, las losas ambiguas del suelo y sintió vértigos. Tenía el pantalón del pijama húmedo, se le estaba saliendo el orine. Nunca llegaría con ella, comprendió. Entonces se quitó el pantalón y dirigió el chorro a la cara de la mujer, su cara que no era más que un borrón confuso, a su cuello, su pecho, su barriga, su vientre, borrones desvanecidos definitivamente. La fue empapando primero desbocado, luego con más impavidez, con ternura. Acabó, se sentó al lado. Pasó los dedos por la piel húmeda y algo tibia. Se quitó la camiseta y secó la piel de Elvira con su camiseta. Se acostó, cruzó los brazos de la mujer alrededor de su cuerpo, pero estos resbalaban, se escurrían. Con la camiseta hizo un nudo juntando las muñecas y metió la cabeza entre las extremidades unidas hasta lograr un simulacro de abrazo. Cerró los ojos.

5

Felipe despertó o creyó despertar, no había mucha diferencia entre dos oscuridades abismales y gélidas. Sintió con la boca el seno de su mujer, debía ser el seno, aunque podía ser otra cosa, le restregó suavemente la lengua en busca del pezón, lo encontró, al menos eso le pareció, lo atrapó con los labios, chupó impaciente, tragó la humedad dulzona y espesa que le llenó la boca, mordió adivinando sombríamente que los fragmentos de tejidos bajo la lengua se diluían viscosos, mordió, tragó sin masticar, sació el hambre que lo consumía por dentro y por fuera, se supo colmado, pesado, soñoliento.

6

Felipe despertó sobresaltado. Confundido parpadeó en las tinieblas con la angustia de querer despertar. Se abrazó a la masa deforme y resbaladiza que lo abrazaba, hundió la cara en lo tumefacto sin encontrar apoyo y para su sorpresa, una sorpresa pavorosa y exquisita a la vez, advirtió que sostenía una erección, algo ya olvidado. Entonces buscó a tientas entre las carnes que le rodeaban algún soporte más o menos sólido, algo que no se desmoronara al primer contacto, cualquier substancia menos imponderable que el tiempo. Movió el pene entre el magma comprendiendo que sus deseos se desalentaban en la nada, en la Gran Nada del Infinito, se movió impotente más y más rápido, más y más voraz, hasta quedar sin fuerzas, sin una gota de fuerza en todo el cuerpo.

7

Felipe soñó que despertaba sobresaltado y que le rodeaba el infinito. Felipe tragó el infinito por los poros, defecó y vomitó el infinito en el infinito, copuló con el infinito tragado, vomitado y defecado por el infinito, durmió y despertó y volvió a dormir y volvió a despertar y volvió a dormir y el infinito durmió y despertó en Felipe y volvió a dormir y volvió a despertar y volvió a dormir y volvió a despertar hasta el infinito.

ESTIRPE DE PAPEL

Para María Gala, mi Maga

E L AROMA A humedad, a rancio, a frío sudor, a corrupción añeja. La madre acuesta a la niña en la única cama del cuarto, la misma cama donde recibirá al amante de turno, apaga la luz, se mueve a tientas, se desnuda, entreabre la puerta; todo es olores, susurros leves, amortiguado balanceo del colchón, como un acunar palpitante.

La niña se duerme en seguida, la madre le prohibe despertar, sin embargo, despierta, todas las noches despierta por un instante, cuando de pronto la cama para de mecerse, siempre bruscamente, escucha los alientos intemperantes a su lado, escucha los latidos de su corazón que crece y se expande por todo el cuerpo y el hedor agrio y el pánico. Sin embargo no se mueve, apenas respira, no se atreve a enfrentar la ira de la madre.

Por el día busca huellas para comprobar que no era un sueño, que no se trata de la pesadilla que se repite noche tras noche, pero no quedan indicios o no sabe dónde hallarlos y sigue así, con la duda, en una eterna sospecha, en un permanente susto.

La casa, el olor de la casa encerrada, el olor pesado que se percibe incluso fuera de la casa, en las ropas y el pelo como un tufillo crónico, como un sello. "Apestas" – le decía la abuela cuando el padre se la llevaba algún domingo, muy ocasional. La abuela grande y prieta calentaba agua y le raspaba el cuerpo con un estropajo de hierbas, hasta dejar la piel encendida. Le untaba talcos y colonia, le recortaba las uñas de manos y pies, la vestía con batas de las primas y la sentaba en el portal el resto de la tarde. Las primas a su lado con muñecas de trajes elegantes o con minúsculos juegos de cocina o con libros de colorear y plumones la ignoraban y ella también las ignoraba, no por indiferencia ni orgullo: por miedo.

Sólo al regreso de la calle, la niña distinguía la fetidez del hogar, la reconocía desde el pasillo, antes de abrir la puerta, un soplo acre, luego se volvía otra vez costumbre.

La madre duerme hasta tarde y la niña se levanta cautelosa, se desliza para el rincón donde tiene su imperio: retazos de hojas, algún mocho de lápiz, cajas vacías de fósforos con las que arma muebles para sus muñecos de papel. Posee una gran familia de papel, cada vez más grande y unida; se casan, nacen hijos, nietos, son muy felices. Tienen rasgos de su propia familia, de la madre que es la Mamá, del padre, el Papá, la Abuela, las Primas, todos encantadores, cariñosos. Pasa gran parte del tiempo con su estirpe de papel, cada vez los conoce mejor y los quiere más, cada vez los siente más reales, como si fueran remplazando el mundo auténtico, materializándose, conformando un sólido círculo doméstico, un espacio seguro y cálido.

Cuando la madre se despierta, le da leche, pan y se va. El miedo se hace más grande, está en el dibujo de la humedad de las paredes y en los gritos del loco del piso de abajo y en las telarañas que cuelgan del techo. La niña con todos sus parientes de papel se refugia del miedo en el baño, donde está la única ventana que da a la calle, hay un poco de luz, una sutil corriente de aire, entran los ruidos del mundo exterior, ruidos que no espantan.

Algunas veces la madre se queda. Le exige moverse de un lado a otro, anda de un lado a otro detrás de la niña como a propósito, mientras intenta poner la casa en orden, barre y sacude, levantando polvo, alborotando a las cucarachas. La niña la observa, observa su cara fatigada, sudorosa, la boca torcida en una mueca de fastidio, hasta que la ve derrumbarse, ve derrumbarse todo su colosal intento, tan inútil, tan limitado.

La madre llora en el medio de la cama, tapándose la cara con ambas manos, la madre llora y maldice entre los dedos, sus hombros se estremecen, su voz es fina, exasperante. La niña la mira desde cualquier rincón, los ojos enormes, fijos, sin lágrimas, no llora nunca, ni siquiera cuando mira llorar a la madre y le parece que va a morir, que ya ha muerto, que no puede pasar nada después de eso. Pero dura, se prolonga por una eternidad, por más de una eternidad, la niña se desvanece, se queda dormida en algún momento y cuando la madre, cansada de llorar, levanta la cabeza y ve a la niña dormida, la sacude, la despierta, le dice que es una insensible, que no quiere a su madre, que la abrace y la bese, entonces la niña comprende que aquello no era la muerte, con pasiva renuncia pasa los brazos alrededor del cuello de la madre y espera a que todo acabe de acabar para acabar de morir.

Su Mamá de papel sólo llora de felicidad. La niña también llora de felicidad, algunas veces, cuando abraza a su Mamá de papel. Se abrazan y se dicen cosas tiernas. Después llega el Papá de papel y las lleva a casa de Abuela. Abuela de papel les tiene preparado un almuerzo, todas las cosas ricas que le gustan a la niña. Las Primas de papel juegan con la niña en el portal. La niña tiene muchas muñecas y se las presta a las Primas. También les presta sus batas, tiene batas de sobra, una de cada color y las Primas le dicen que ella es la mejor prima del mundo, que la quieren mucho, mucho, que vuelva pronto. La Abuela le da un beso en cada mejilla, le confiesa que es su nieta más querida y le regala un paquete de caramelos para el camino. La niña regresa con los padres de papel a casa, se baña, se echa perfume de violetas, se acuesta en una cama que es su cama para ella sola, la Mamá la tapa, le hace un cuento de princesas y el Papá le canta una canción tocando la guitarra. La Mamá y el Papá se dan un beso sonriendo, luego se inclinan y besan a la niña. Esperan a que se duerma, entonces se van en punticas de pie para su cama grande.

A veces de tanto abrazar a los familiares de papel estos se rompen, se les raja el cuello, el lugar más débil y la niña los confecciona nuevos. Les pinta unos ojos muy grandes y una boca sonriente. Cada vez que se le rompe alguien, la niña vuelve a hacerlo, pero nunca bota a los viejos: los guarda en la caja de zapatos de sus caudales. Tiene muchos restos de parientes de papel, pero la que más se repite es la Mamá, de tanto abrazarla; no hay nada más dulce que abrazar a Mamá de papel y decirse cosas tiernas.

Un día en una de esas recogidas espasmódicas la madre con un solo gesto agarra la caja de zapatos con los tesoros de la niña y la vacía en el bolso donde echaba la basura acumulada por los rincones. De un solo golpe la niña ve desaparecer sus dibujos y los muebles de cajas de fósforos y el lápiz de dos colores que le había dado el padre y a toda su familia de papel. No se inmuta, no emite ni un sonido, ninguna queja o lamento, solo repite y repite mentalmente el ademán de la madre al arrojar sus bienes al bolso. La madre sigue moviéndose caóticamente a su alrededor, la madre recoge y acomoda, pero la niña no ve más a la madre, solo al ser atroz que la ha privado de su mundo. Más que nunca antes siente horror, un horror doloroso que le impide respirar, le nubla la vista, le sacude los miembros. Acecha al ser atroz con los ojos, estudia cada uno de sus desplazamientos, espera inmóvil a que quede cerca, se incline para levantar del piso cualquier objeto, el cuello muy cerca, el cuello descubierto y frágil, y de un solo salto bestial la niña prende en él la dentadura, aprieta largamente, aguantando ciegamente los tirones y embestidas, las contorciones, golpes del ser que lucha por arrancársela, pero no hay forma, la niña ha puesto todas sus fuerzas en esa mordida, todas las fuerzas de su rencor y sus carencias, de sus miedos y su amor.

Caen juntas, por primera vez realmente juntas, niña y madre, por primera vez en la vida de las dos unidas en un abrazo real y ese fluir de sangre y ese olor que no cesa.

LA DAMISELA DE ROJO

(ACUARELA Y TINTA)

Lo que se lamenta no es abandonar la vida,
sino aquello que le da sentido.
RAYMOND RADIGUET

Tuve un sueño *extraño, me desperté angustiada, corrí hacia el espejo. Era yo aunque cueste creerlo; el largo cuello, los diminutos senos, las delicadas curvas de las caderas. Por milésima vez examiné atentamente, luego con un pequeño espejo revisé entre las piernas.*

Recuerdo el día en que me dieron los papeles de identidad. El nombre lo elegí yo. Siempre quise ser Laura. Llovía, pero para mí hacía un tiempo radiante. Caminaba por las calles despidiéndome de mi vieja ciudad y vieja vida. En una esquina una pareja se amaba debajo del aguacero y lo tomé como un presagio.

Laura se levanta con movimientos cansados, baja la escalera de la barbacoa, se dirige al baño. Por las persianas entreabiertas se filtra algo de luz, marcando en la penumbra la sofisticada y coqueta habitación: una ancha cama, flores sobre la mesita de noche, el estante con los libros, candelabros, artesanías, la cómoda atestada de frascos y pomos y prendas, el closet repleto de vestidos, mas vestidos en el respaldar de la cama, en las sillas, en el piso.

Regresa, comienza a ponerse la ropa y poniéndose la ropa canturrea con su voz ligeramente ronca y su voz ligeramente ronca se mezcla con la luz lechosa del amanecer.

Nunca me había sentido tan feliz. Eran días de una felicidad hipertrofiada. ¡Todo fue tan vertiginoso! La operación, la mudanza... Pasaba horas caminando, descubriendo, maravillándome. Me hice amiga de los vecinos: los viejitos de la planta baja, la gorda Teresa con sus perros y Dora, la muchacha de enfrente con su pequeño hijo Carlos. Hice amistades en el mercado y en el Club, donde comencé a trabajar en la recepción. De poderlo, me hubiera hecho amiga de todos y cada uno de los habitantes del mundo.

Ya lista, revisa en el bolso, saca la llave y sale, cerrando la puerta. Se detiene un instante delante del apartamento de enfrente, luego sigue, resuelta. Una señora obesa con dos púdels en los brazos le dirige una mirada hostil. Laura la ignora, apurada por alejarse.

Llega hasta el Malecón y se sienta a observar cómo pasan autos, bicicletas y algunos transeúntes somnolientos. El vestido rojo se destaca sobre el muro como una herida.

Hoy me puse el vestido rojo. ¿Recuerdas cuando me prestaste el dinero para comprármelo? Lo recuerdo todo y cada detalle adquiere un significado especial. Tú eres lo último que me queda por perder. Nunca antes había tenido una amiga. Tampoco un amigo...

No muy lejos de donde está sentada pasan unos muchachos bromeando. Piensa de pronto que si estuviera en una plaza o en el medio de la carretera, tampoco nadie se fijaría en ella. O, cuanto mas, la esquivarían, como una piedra.

¿Quién soy? ¿Cual es mi lugar en el mundo? Me lo he preguntado desde la infancia en todo lugar, todo momento. Pero entonces no me llamaba Laura. Tenía una mamá y un papá que resultó ser un

padrastro y se fue cuando cumplí los ocho años y mamá se puso mal y la ingresaron en el manicomio de donde no volvió a salir y me fui a vivir con abuela, absolutamente sorda y decrépita.

La ventana del cuarto daba a un gimnasio improvisado, donde entrenaban jóvenes musculosos. Había uno, rubio, quemado por el sol, que siempre entrenaba solo. Me enamoré perdidamente de su soledad, de su piel tostada, de sus bisceps. Me envolvía en sábanas como en túnicas y daba vueltas en un vals mudo, contemplando en los espejos a mi doble con el cuello excesivamente largo y ojos de pestañas rotundamente femeninas. Compraba flores y al aparecer el rubio del gimnasio se las tiraba a los pies. Cerraba de golpe las persianas con el corazón en la boca.

Nunca supe su nombre.

En la escuela, en el barrio, me llovían ofensas y golpes: "¡damisela encantadora!" Yo no comprendía, no comprendía...

No sabes lo que me costó lograr la operación. Estaba decidida: "Yo no quiero tener ESO". Tan pronto se me pasó la anestesia, me arranqué las sábanas de un tirón y reí largamente. La enfermera me regañaba y yo reía. Al calmarme, dije a través de la oleada de dolor: "Laura. Me llamaré Laura".

Se levanta, se sacude el vestido, recoge el bolso y cruza lentamente la calle. Las personas caminan cada uno en su dirección. Ella les observa como si esperara algo, pero nadie da muestras de advertirla. Toma su ruta distraída, absorta en los recuerdos.

Al llegar aquí, me lancé de lleno a adornar mi casa. ¡Mi casa! Me ofreciste tu ayuda (somos vecinas, ¿no?). Entre las dos elegimos la pintura de las paredes, detestabas el blanco por impersonal, la sala debía ser crema, descansa la vista y combina con los muebles, el cuarto, azul y la cocina, amarilla. Volabas por mi apartamento con el niño al costado como una parte natural de tu ser y me contagiabas con tu energía. Y yo discutía contigo los detalles y luego tomábamos té o nos íbamos a tu casa para ver las películas y me hablabas de los hombres dándole el pecho al niño y yo soñaba con repetir tus experiencias.

Laura llega hasta el Club. Se sienta en su puesto, comienza su día de trabajo.

En el trabajo me iba maravillosamente bien hasta que conocí a Reinaldo. Él hacía teatro y me invitó a un ensayo. Fui. Estaba sin camisa y me quedé mirando su pecho lleno de pelos. Después del ensayo Reinaldo me propuso salir. Bebimos unos tragos en el bar y su mano se paseaba por mi cuerpo, por mis senos, por mi cuello. Lo deseaba con desaliento. Me dijo: "Quisiera estar contigo en una cama para hacerte el amor de todas las formas que conozco y que tú me lo hagas de todas las formas que conoces..." Nos fuimos para mi casa, bajo la fina llovizna y yo temblaba de miedo y ansiedad. Traté de extender el momento de la penetración, pero era inevitable. Al fin lo sentí, pero no era como lo esperaba; deseé que acabara. Se echó a un lado mirándome largamente, sin hablar. "Sabes" – sonreí – "hoy no es mi día"... Asintió y comenzó a vestirse. Cuando se cerró la puerta tras él, toqué en el apartamento del frente. ¡Dorita!.. No podía contarte nada, pero la atmósfera de tu casa me envolvía como un calmante. Mecías al niño sobre las piernas y sonreías hablándome de lo que vino al mercado. Todos mis temores se disipaban lentamente.

Realiza su trabajo habitual, recibe llamadas, recoge recados. Las personas la rozan, le hablan, le sonríen. Ella hace como si les contestara, pero es otra; la verdadera está hecha un ovillo, temblando de desdicha.

El incidente con Reinaldo no hubiera tenido mayor trascendencia, si él no comentara en el Club que soy frígida. Esa misma tarde esperé que Manolo, el músico, entrara al baño y lo seguí; fue algo incómodo, sobre todo por el olor. Luego salí con Vladimir, con Jesús, con Pepe... "Los hombres son unos puercos" – comenté contigo – "se despachan y después ni las gracias"... Me contestaste con una sonrisa: "Cierto, pero, ¿qué sería de nosotras sin ellos?"

Cuando se enfermó Carlitos, acudiste angustiada. Tenías que avisarle al médico, necesitabas que me quedara con el niño. Lo tomé en los brazos, tan pequeño, suspirando quejumbroso. "¿Y si fuera mío?"

Anduve por la habitación meciéndolo, hasta que regresaste con el doctor y volví a sentirme de más.

Mira distraídamente la libreta de recados donde ha caído una gota desde su ojo derecho. Pasa el índice por la lágrima para evitar borrones, pero algunas letras se oscurecen y pierden nitidez.

Luis era plomero y vino al Club para arreglar la tupición del baño. Tenía una nuca imponente y recios músculos debajo del pulóver. Con un estremecimiento en el estómago recordé al rubio del gimnasio. Lo invité a casa, preparé comida, compré vino. Llegó pasada la medianoche sonriendo dentro del bigote y fue horrible. Me dejó moretones por el cuerpo entero, me golpeó, me violó de manera inhumana. Todo por haberle pedido que me lo hiciera por detrás, porque ya no me cabían dudas de que mi maravillosa vagina fabricada con tanto afán, resultaba absolutamente ineficaz.

Advierte sobresaltada la hora, se levanta, recoge el bolso, sale, camina arrastrando las piernas, muy lentamente en dirección del mar, tan desolada con su vestido rojo.

Hoy me puse el vestido rojo. ¿Recuerdas cuando me prestaste el dinero para comprármelo? Andábamos de tiendas empujando entre las dos el cochecito de Carlos. Nuestras manos chocaban, pero tú no te dabas cuenta. Me hablabas de tu infancia, de tus padres y hermanos, de la casa grande y el árbol de mango que sembró tu bisabuelo. "¿Y tú?" – me miraste extrañada – "Nunca hablas de ti."

Estuve tentada, no imaginas cuanto deseé contarte mi niñez con el padrastro que me molía a golpes gritando "¡Maricón! ¡Pájaro!

¡Damisela!" – y obligaba a mi madre a desnudarse: "Mira: esto es lo que te tiene que gustar, esto es lo que nos gusta a los machos..." – cabalgándola, azotando la carne blancuzca, mordiendo los pezones arrugados...

Miré alrededor buscando un punto de apoyo, algo en qué refugiarme del dolor y vi el vestido en la vidriera. "¡Que belleza!" – exclamé con voz torcida.

No podía contarlo, nadie hubiera podido, nadie a nadie.

Laura se para en el muro y mira al agua. El agua le devuelve la copia de una Laura incierta, ambigua, ondulante parada en el muro. A sus espaldas pasan las personas y se reflejan como sombras ajenas.

Estoy perdida y lo peor es saber exactamente quien soy y cual es mi lugar en el mundo. Y también el miedo. La última vez que hablamos, en el pasillo, no quisiste ni entrar. "Todos comentan... No es que yo lo crea, pero no me gustaría que pensaran... Yo no tengo nada en contra de las invertidas y tú eres buena gente, pero..." – contenías al niño que extendía inquieto las manitos hacia mí. "Comprendo" – corté. Cerré la puerta de golpe, sintiendo que iba a morir de la risa.

*Reí y lloré y parecía que nunca iba a parar. Luego vino la determinación. Es lo lógico. Al fin y al cabo no me operé para **eso**.*

El vestido rojo corta el aire como una herida, rompiendo su último reflejo. Las personas en el Malecón se agitan, corren, chillan, pero ella ya no necesita que le presten interés.

II

MI CASA

PRÓLOGO PARA LA SEGUNDA PARTE

ABRO PUERTAS, VENTANAS, espejos, jaulas,
el cráneo, la gaveta de la cómoda,
los mapas, mi cajita de música, las venas,
libros, horas, cartas, Microsoft Word,
la estufa, frascos de perfume, ranas,
recuerdos, recuerdos, recuerdos
Intercambio ingredientes, esencias,
selecciono la fusión óptima
para el conjunto
y cocino historias
con la letra Arial, número catorce
aunque hay quien sabe
de qué están hechas
en realidad

EL HOMBRE MAYOR

Hacía días que el casete estaba en mi poder, pero no había tenido tiempo de escucharlo con calma. En realidad, "no había tenido tiempo" es una justificación más bien débil. Estaría mejor "no tenía deseos" o una expresión rusa como "mis manos no habían llegado", que quiere decir más o menos "he estado demasiado enredada en otras cosas".

Había estado enredada en una relación. Él era mayor que yo y tenía complejo por eso. En cualquier caso, me lo recordaba a cada rato. Al principio no me importaba, pero luego me di cuenta de que tenía razón: la edad es una gran barrera. Y no sólo en el sexo. Las personas mayores son más idealistas. Más rígidas. Y más infelices.

El casete fue una de las herencias que él dejó, junto a una toalla que comencé a usar para limpiar el piso, una mochila que había traído para que le cosiese (cosa a la que "no me llegaron las manos") y un par de libros. Era un casete de un grupo ruso llamado "Máquina del tiempo" y tenía una canción que me llamó la atención cuando al fin pude escucharlo.

Él era mayor que ella.
Ella estaba buena.
Dentro de su pequeño cuerpo
habitaba un alma.
Ellos andaban juntos,
ellos no peleaban por bagatelas.
Y todos alrededor decían:
"¡Que pareja tan admirable!"
Y sólo un disparate
lo volvía loco:
él la amaba a ella,
ella amaba volar por las noches.

Ese último detalle fue el que me hizo escuchar la canción con más interés. Resulta que hace un tiempo había escrito un cuento titulado *Rara avis*, que trata sobre una muchacha llamada Eva. Eva era una joven de quince años que vendía su amor a cambio de dulces, que compartía luego con sus amigos y estos compartían con Eva drogas. Eva de niña fue víctima de abusos sexuales por parte de ambos padres, fue testigo del suicidio de su abuela, había tenido una serie de experiencias fuera de lo común y bastante fuertes. Pero el elemento curioso en la vida de Eva era su secreto: Eva volaba por las noches.

Me quedé pensando que era muy probable que Eva un par de años más tarde aceptara una relación estable con un hombre mayor que ella. Una de los protagónicos de otro cuento mío, *Collage con fotos y danza*, se deslumbra con un señor que la invita al ballet y luego a comer helado y le habla de cosas sublimes. Después lo abandona porque él lo echa todo a perder, pero eso no viene al caso. Tampoco viene al caso, pero al final del cuento ella también vuela. Ese tipo de mujeres son muy susceptibles a los hombres que dicen cosas sublimes.

> *Él sufría*
> *si tras la ventana oscurecía.*
> *El no dormía,*
> *de noche trancaba la ventana.*
> *Él lloraba*
> *bebía en la cocina el amargo té*
> *a la hora en que ella volaba por las noches.*
> *Y después*
> *por la mañana ella juraba*
> *que ayer*
> *eso fue por última vez.*
> *Él perdonaba*
> *pero de noche tras la ventana oscurecía*
> *y ella volaba*
> *de todas formas.*

Imaginé al hombre con el que finalmente se había establecido Eva. Debía ser algo parecido al que me había dejado el casete junto a la toalla, mochila y par de libros. Igual de alto, flaco, canoso. Con un hablar lento, mirada mansa. Cierta tristeza en el andar, el modo de doblar el pañuelo, de aplastar las colillas en el cenicero. Los hombros caídos como si llevara sobre ellos todo el dolor del mundo.

Preparaba el té a la antigua: una infusión fuerte en la tetera de porcelana, la dejaba reposar, servía un poco en la taza y diluía con agua hirviendo. Lo bebía sin azúcar, despacio. Le gustaba que en ese momento yo estuviera sentada al frente, aunque no lo acompañe en su gusto por ese brebaje. Lo sorbía en pequeños buches y me sonreía culpable. No me costaba nada complacerlo, pero me aburría terriblemente, hasta que inventé el juego de las añadiduras.

Se trataba de echarle en la tetera (sin que se dé cuenta, por supuesto) cualquier cantidad de porquerías, desde una cucaracha viva (trabajo me costó cazarla), hasta unas gotas de sangre menstrual y verlo disimular para no darse por enterado. Nos mirábamos sonriendo, fingiendo que todo andaba igual de maravilloso como cuando nos conocimos.

Y él le regalaba rosas,
le compraba perfumes,
le dedicaba canciones,
le leía poemas,
se agarraba de un hilo
cómo el último imbécil.

Pienso que Eva de *Rara avis* podría llegar a enamorarse del hombre mayor. Él, por supuesto, haría lo posible por que así fuera. La complacería en todo. La colmaría de ternura. Le haría regalos exquisitos. Le mostraría el refinado mundo de las artes y la intelectualidad. Eva quedaría tan afectada que compartiría con él su secreto. Pero el resultado sería contrario. Más que nunca al hombre mayor le inquietaría perderla. Comenzaría una lucha por retenerla a su lado, por limitar sus paseos, sus amistades, sus intereses, hasta llegar a prohibirle el vuelo.

Él temía que alguna vez
bajo la luna llena
ella olvidara
el camino a casa

y una noche
eso sucedió.

El juego con el té impulsó otros, no menos divertidos. Al inicio sólo eran travesuras como dejarlo dormido por la madrugada para salir a caminar por el Malecón y de regreso ver sus ojos aterrados, por ejemplo, o exigirle que se suba en la mesa y grite "qui-qui-ri-quí" a cambio de un beso. Con el tiempo los inventos se volvieron más sofisticados. Dejé de acostarme con él, de desnudarme delante de él, de dormir a su lado. Sólo lo hacía a cambio de una humillación, la que se me ocurriera en el momento.

Recuerdo una escena. Él frente a mí rogando que le enseñe los senos. ¿Qué harás por eso? – pregunto. ¿Qué quieres que haga? – por sus ojos veo que es capaz de cualquier cosa. Pienso un instante. Me dejarás meterte un lápiz por el culo – decido. Su mirada es deliciosa, parece la de una vaca. ¿Lo vas a hacer o no? – pregunto como a punto de cambiar de idea. Se baja el pantalón y me ofrece su limpio agujero. Busco un lápiz gordo de los de dos colores y múltiples aristas, se lo meto con fuerzas y le doy vueltas allá dentro. Gime, pero no se atreve a protestar. Se lo saco y salto de la cama, muerta de risa. Ahora te toca a ti – anuncia inseguro. ¿Creíste que era en serio?– me río – ¡Olvídalo!

Él sufría
cuando tras la ventana oscurecía.
Él lloraba,
trancaba de noche la ventana.
El no dormía,
bebía en la cocina el amargo té
a la hora en que

ella volaba por las noches.
Y después
por las mañanas ella juraba
que ayer fue por última vez.
Él callaba,
pero tras la ventana oscurecía
y ella se iba volando
de todas formas.

En un inicio Eva intentaría convencerlo, no creería que pueda ser en serio que ese hombre, tan espiritual y amable, quiera enclaustrarla entre cuatro paredes, cazuelas y ropas sucias. Tal vez ya para ese entonces esté embarazada y no quiera volver a sacarse al bebé para freírlo y comérselo, como hizo con el primero. Es posible que hasta haga el intento por serle fiel y llevar una vida estable a su lado y le lave las camisas y le cocine sopas. Sólo que por las noches estaría mirando largamente por la ventana. No podría evitarlo, él le gritaría, quizás llegaría a pegarle, pero ella seguiría noche tras noche asomada a la calle por entre los barrotes.

¿Quieres contar la historia de tu fuga?

Antes yo dejé de quererlo. Como si cayera un velo: no podía querer a ese tipo que no me dejaba respirar. Lo miraba dormir y no podía comprender qué hacía a su lado. Él no tenía razón de ser y por lo tanto, debía morir. Yo debía matarlo.

Hay muchos modos de matar a una persona. Se le puede matar poco a poco, sin que se entere de que le estás matando. Se le puede matar de un golpe, sin que se entere de que le mataste. Pero yo quería que él lo supiera. Quería que supiera por qué.

Un día se lo dije: te voy a matar. Porque me llevaste a que
quemaran mi tatuaje. Se echó a reír y yo también me eché
a reír y nos reímos mucho tiempo. Y después le regalé mi
amor mucho tiempo. Él decía: no puedo más, pero yo sabía
que podía. Mientras estaba vivo, podía. Cuando se murió,
sí que no pudo más. Cogí la llave y me fui.

> *Y tres días y tres noches*
> *él no durmió ni comió,*
> *él estuvo al lado de la ventana*
> *mirando al cielo,*
> *él repetía su nombre,*
> *salía a recibirla al pórtico.*
> *Y cuando rodó a menguar la luna,*
> *él dio el paso tras la ventana*
> *al igual que lo daba ella,*
> *alzó el vuelo como lo alzaba ella,*
> *Pero no hacia arriba sino hacia abajo.*

Me acostaba con sus amigos casi delante de sus narices,
dejaba por toda la casa regados los preservativos usados, le
contaba mis conquistas, mis fantasías con otros hombres,
lo obligaba a lavar las sábanas manchadas con semen ajeno
y preparar cenas románticas a las que no estaba invitado.
Hasta que llegó el momento en que lo odié. Por viejo. Por
infeliz. Por sumiso. Por idealista. Me entraban súbitos
deseos de matarlo y se lo confesé. Mátame – respondió. No
– sonreí – mejor suicídate. Abrió la ventana y se tiró.

> *Y después*
> *por la mañana ella jura*
> *que ayer fue por última vez,*

él perdona, pero tras la ventana oscurece
y ella se va volando
de todas formas.

DESACIERTOS

(pajas mentales)

1

VESTIRME CON ESMERO y salir de compras. Aunque no tenga un quilo (nunca tengo un quilo). Pero entrar en los grandes almacenes, revisar las mercancías con la meticulosidad de una cliente exigente, probarme zapatos y vestidos, hallándoles a todo defectos, oler largamente frascos de perfumes, examinar los fondos de las cacerolas y la nitidez de los televisores. Pedirles instrucciones a los empleados, hacerlos sudar bajo la frialdad de mi mirada, reclamar la mejor calidad y los mejores servicios.

En la agencia de carros demandar el color amarillo (no puede ser ningún otro) para el modelo del año, subir comprobando la suavidad de los asientos, poner los dedos sobre el dócil timón, indagar por los datos técnicos. Nunca conformarme. Guardar las tarjetas y las propagandas y el último golpe darlo en las oficinas de viajes. Solicitar reservas para Madrid o París o Roma, siempre en primera clase. Averiguar las horas de vuelo, explicar que sólo viajaré por una semana, detesto alejarme de casa, pero usted sabe...

Entonces, ya más repuesta, con esa seguridad de los triunfadores que da el poder adquisitivo, ir a visitar a algún amante de turno (en este momento sería Pablo). Sin llamada previa, para sorprenderlo en la computadora, en medio de un nuevo juego, interrumpirlo, cambiarle los planes, ponerlo en mi función, hacerlo cumplir miles de caprichos, humillarlo y escapar más frustrada que nunca.

2

Marcar el número. Esperar a que levantes el teléfono, escuchar tu voz. Preguntar por alguien imaginado (¿Periquito Pérez?). Extender la conversación, tu voz que cuelga de un hilo, mi corazón colgando al otro extremo hasta que se precipite al vacío de una línea interrumpida. Volver a marcar obstinadamente una y otra vez. Escuchar los timbres e imaginarte mirando el aparato con odio. Figurarme tu cuerpo y tu casa. Una casa pequeña con cuadros en las paredes y muchas matas, artesanías en la repisa, un jarrón con hojas de yagruma, libros.

Dejar de llamarte sólo para darte tiempo a que te sientes en el sillón de mimbre y pongas un disco de Vivaldi y abras el libro (¿*Rayuela*? no, mejor *El Maestro y Margarita*) y te coloques los espejuelos de armadura fina y te quites el mechón de la frente. Visualizar tu mechón y tu frente y las manos que sostienen el libro y el anillo con su brillo opaco en el pulgar. "¿Quién te ha dicho que no puede haber amor verdadero, fiel y eterno en el mundo que no existe? ¡Que le corten la lengua repugnante a ese mentiroso!" – lees. Entonces miras el teléfono con indecisión, te incorporas, bajas la música, marcas el número, esperas a que del otro lado levanten el auricular, escuchas su voz. Preguntas por alguien imaginado (¿Periquito Pérez?). Extiendes la conversación, su voz que cuelga de un hilo, tu corazón colgando al otro extremo hasta que se precipite al vacío de una línea interrumpida. Vuelves a marcar obstinadamente una y otra vez y cuentas los timbres.

Luego te vistes con pereza y sales de compras. Aunque no tengas un quilo (nunca tienes un quilo) y aunque afuera esté lloviznando (te encanta la lluvia).

3

Escuchar el timbre del teléfono. Descolgar, reconocer la voz del amante de turno (¿Pablo?), preguntando por Periquito Pérez, dudar: no, no es Pablo (o como se llame). Decirle que está equivocado, que vuelva a marcar, que este no es el taller y que tampoco conozco al jefe. Colgar y oír otra vez el odioso timbre que se repite incansablemente. Suspirar con alivio cuando cesa, poner un disco de Mozart, sentarme en el sillón, prender un cigarro y abrir el poemario de Alfonsina Storni. Mecerme tranquilamente hasta tropezar con los versos:

Alguna vez, andando por la vida,
por piedad, por amor,
como se da una fuente, sin reservas,
yo di mi corazón...

Entonces me imaginará saliendo de compras bajo la lluvia (aunque no tenga un quilo). Verá mi pelo húmedo, las gotas corriendo por mi piel. Me pensará descalza, con el vestido mojado pegado al cuerpo, entrando en los grandes almacenes, abriendo los paraguas de colores que me extienden los tenderos solícitos. Dibujará mi ruta entre charcos hasta guiarme a la puerta de su casa.

No resiste tanta ficción y apaga la música (Bach, su preferido), se viste con descuido y sale de compras (sin un quilo).

Mientras, yo me invento que tú tocas en mi puerta, invades mi casa, interrumpes el último proyecto que estoy bosquejando, cambias todos mis planes, poniéndome en función tuya, haciéndome cumplir miles de caprichos, me humillas y escapas con más frustración que nunca.

4

"Hoy volví a recordarte. A veces paso horas, hasta días sin percibir tu ausencia y de pronto despierto y los recuerdos me inundan súbitamente, creando la sensación de asfixia y vacío, de asfixia con el vacío, de vacío asfixiante..." – escribes en el cuaderno con tu letra rara, inclinada hacia la izquierda, cuando crees escuchar el timbre de tu puerta. Dejas el cuaderno sobre la mesita, abres y, si fuera la persona que esperas, le sonreirías, le quitarías las sandalias, el pulóver, pasarías una toalla por su pelo, pasarías la mano con el anillo en el pulgar por su rostro, le brindarías un trago contra el resfriado; te pondrías en función suya hasta humillarte; si fueras su amante de turno, claro...

5

Ella abre la puerta y abraza a Pablo que la mira con esa superioridad de los triunfadores que da el poder adquisitivo. No le importa que él esté mojado y venga de mal humor (odia la lluvia). Besa su cara húmeda hasta secarla con los besos, sueña con besar su cara húmeda, si Pablo andara por la ruta que ella dibuja entre charcos hasta guiarlo a la misma puerta de su casa.

No resiste tanta ficción y apaga la música (Beethoven). Podría salir de compras, pero no tiene un quilo, podría salir a caminar, pero está lloviendo. Prefiere quedarse en casa especulando que Pablo llega o llama. Se estremece al escuchar el timbre del teléfono.

6

Alguien marca su número para atender su voz. Al menos, imagina hacerlo.

LA MUJER ARPONEADA

Dos soledades que algunas veces se juntan
para alimentar el ego de la destrucción.
Marilin Roque

SOBRE LA CAMA de las frustraciones, cama de las esperanzas perdidas, cama barco fantasma, demasiado ancha de pronto, demasiado profunda, demasiado quimérica, miro deluírse en el aire el humo de los cigarros, observo las fumaradas flotar y desvanecerse, desaparecer sin rastro, sustituidas súbitamente por otros chorros vaporosos e imprevisibles. Nunca más podré entrar a este cuarto. Nunca más podré entrar a mi cuarto, ni acostarme sobre mi cama, ni mirar las vigas de mi techo, ni las paredes, ni el espejo. El espejo frente a la cama retiene los arabescos de humo, el espejo más que los otros objetos guarda en la memoria gestos y palabras y olores, el espejo, artificio y traición. Yo estaba sentada sobre la cama, tú, en el piso. En mi mano derecha sostenía el peine y con el peine acariciaba tu pelo, tan fino, tan leve y detrás del peine pasaba la otra mano en una caricia más ligera aun. A veces rozaba tu cuello, el borde de la espalda, una oreja, apenas. Me detenía desenredando algún nudo, pasaba la vista por nuestro reflejo, veía tus ojos semicerrados. Más que amantes éramos sutiles curanderas. Aplasto la colilla contra el cenicero, alcanzo una revista, la hojeo, busco una imagen o palabra, algo que rompa la telaraña en la que estoy atrapada, algo que detenga el desangrar de los recuerdos, cualquier cosa; me obligo a leer, casi no capto el sentido de las oraciones y de pronto me estremezco. "Sentí deseos de pescar una chica" – dice. Eso, pescar una chica, una muchacha solitaria, traerla a mi casa, acostarla en mi cama, desvestirla lentamente, besarla despacio. "¿Porqué corres?" – después de los primeros besos – "¿Porqué te apuras?" No comprendí la pregunta, no conocía otra forma de besar que no fuera simulando tragarme unos labios y lengua que simulan tragarse mis labios y mi lengua, hasta aquella confesión tan reveladora: "Cuando te beso, a veces me imagino que tu boca es tu bollo"... y entonces nunca pude imaginar otra cosa, que una boca-bollo, y mis besos por siempre se tornaron lentos y penetrantes, mientras mis fantasías me brindaban un bollo-boca, algo oscuro y sublime, algo vibrante, hasta tenerlo ante mí ("todo tuyo") y ese vacío en el lugar que se suponen estar las vísceras. Busco frenéticamente entre mis ropas ("pescar una chica"); esta noche necesito vestirme de gala, esta noche quiero estar deslumbrante, arrolladora, perfecta. Elijo una combinación ambigua, elegante y atrevida a la vez, bajo a bañarme; el agua me quitará el resto del letargo, restaurando mi esencia. "Quiero que me bañes siempre" – cerré los ojos, tu mano me envolvió en espuma, sentí las olas, la sal, el mareo; a tu lado todo el tiempo estaba mareada. Me abrazaste murmurando: "No temas, no te dejaré caer"... Luego me secaste, me vestiste; me sentí tan niña, tan cándida e inocente que más tarde en la cama deseé la madre, la teta y la tuve junto con la confesión: "Mis senos antes de que tú los tocaras por primera vez, eran absolutamente insensibles"... Me alarmé. Andábamos demasiado cerca de ciertos límites, había demasiadas cosas "por primera vez" para ambas, demasiada proximidad. Dejé que mi lengua siguiera jugueteando con los pezones en un retozo menos ingenuo, mientras te abracé con gesto desesperado. Me miro finalmente antes de salir, estoy deslumbradora, sólo los ojos brillan más oscuros que de costumbre, lástima que de noche no se usen gafas de sol, mis ojos podrían asustar a cualquiera que los mire a fondo. Los entorno un poco y me convenzo de que bajo la sombra de las pestañas se disimula la hoguera. Le sonrío a mi doble y salgo. Me siento eufórica, lista para cualquier aventura, para cualquier exceso. Nos mordíamos sin piedad. Como bestias que se aman violentamente nos llenábamos los cuerpos de mordidas, a punto de arrancarnos pedazos. Cuando no alcanzaban las caricias y besos, perdíamos el control y nos lanzábamos una sobre la otra en busca de más carne y sangre, tal vez. El sólo sonido de la palabra 'sangre' nos hacía vibrar tenazmente. Más de una vez nos juramos matarnos, planificando nuestros asesinatos mutuos o suicidios o ambas cosas. "Quiero pedirte un favor" – me miraste y vi que no dominabas tus ojos, se te escapaban como peces. "Dime, mi amor"... – "Bésame"... De un salto me arrodillé ante ti y me prendí a tu boca en la que casi con vehemencia colocaste la cuchilla de afeitar. Tus labios envolvieron los míos, tu lengua me ofreció su humedad y el frío del metal. Lamí el filo, tragué la sal espesa que nació bajo el movimiento agudo de nuestras bocas, cerré los ojos y estuvimos una eternidad ausentes, mientras nos llenábamos de cortadas viscosas. Camino todo Prado sin hacer caso de los piropos que me lanzan individuos de toda clase ("pescar una chica"). Miro con esperanza los bancos, pero sólo descubro parejas enroscadas, parejas estiradas, parejas acopladas. Sigo sin detenerme, dejando el rastro de mi perfume, aceite de sándalo, y el repiquetear de mis cascabeles de plata. Las imágenes se mezclaban en mi cabeza sugiriendo visiones de vulvas con largas lenguas que se lamían chorreando baba, se besaban incorporando cuchillas de afeitar al beso, sangraban, absorbían la sangre y las secreciones mutuas hasta los úteros y palpitaban dando a luz descomunales orgasmos. "¿Nunca le has hecho el amor a una mujer?" – preguntaste. Negué con la cabeza. Tenía un abismo en el abdomen y una mujer desnuda delante. Al llegar hasta Malecón me detengo por unos instantes. Es el clásico dilema: si tomas el camino de la derecha llegarás a tal lado, si te decides por el de la izquierda, a tal otro lado y si vas recto, tendrás que enfrentar al dragón... En realidad, a la derecha quedaba el camino hacia tu casa ("Pescar una chica"...). Avancé rápidamente en dirección contraria, dominando el impulso. "Mastúrbame" – "No sé hacerlo"... – "Hazlo como te lo haces a ti misma" – "Déjame fumarme un cigarro"... Lo saqué de la caja, lo encendí, noté cómo me temblaban las manos y los labios. No me creía preparada como para enfrentar la situación. Me había pasado los días masturbándome, imaginando una y otra vez ese cuerpo estremeciéndose entre mis brazos, cada fragmento de esa piel al tacto, la más recóndita humedad, el más violento surco. Aspiré todo el humo que me cupo en los pulmones y cerré los ojos. Otra vez vi aquellas figuras fragmentadas: vulvas lamiéndose con rojas lenguas que gotean sangre, los besos de unos senos que se frotan los pezones abultados, el movimiento rítmico de nalgas abriéndose y cerrándose como alas de pájaros gordos y hambrientos... "¿Lo vas a hacer?" – insististe. Me senté delante del espejo y abrí las piernas. "Ven"... No sé qué me habrá hecho pensar que el Malecón estaba lleno de mujeres que sólo esperaban a que yo llegara para irse conmigo hasta el fin del mundo. El Malecón, aparte de las parejas, está lleno hombres que sólo esperan a que yo pase para decirme cualquier cosa, para ofrecerme acompañarlos hasta el fin del mundo. Pero los hombres me tienen sin cuidado. Más que eso, los hombres me dan rabia. Trato de no mirarlos para no responderles con groserías. Varios carros frenan a mi lado, sus conductores, siempre hombres, me invitan a un paseo nocturno. Les viro el rostro ocultando el aborrecimiento. Parece mentira que en esta ciudad de mujeres solas yo no pueda encontrar ni una sola mujer. Avanzo acelerando el paso, estoy a punto de arrepentirme de esta salida y tengo ganas de masturbarme urgente. Nunca antes había sentido tal exaltación de los nervios como cuando mis manos rozaron tu sexo. Me perdí y resultó inútil el espejo con dos mujeres agitando los impacientes cuerpos, inútil la varita de incienso prendida, inútiles aquellas fantasías, casi disparatadas. Únicamente el tacto, el tibio rocío bajo la piel de los dedos, el cuello a unos milímetros de la boca, la respiración entrecortada y un esfuerzo sobrehumano por no morder, no destrozar, no estallar, suprimir la furia ciega que corría por las venas y resbalaba en un fluido ardiente entre los muslos, domar las manos exasperadas, retener los impulsos para degustar íntegramente aquella primera aproximación. Cruzo la avenida y subo veloz hacia el Hotel Nacional. Unos italianos se meten conmigo a la entrada, los esquivo, un español intenta detenerme en el lobby, me escurro, unos alemanes me miran sonriendo desde la mesa del jardín. Me alejo hasta el mismo fondo, busco el banco más apartado frente al mar, de espaldas a todos, y le encargo una cerveza al camarero de expresión malsana. Luego, con la cerveza helada en la mano izquierda y la mano derecha introducida disimuladamente entre las piernas, miro el mar, las olas, intento imitar sus movimientos suaves y rotundos, su ritmo. Pero no era suficiente frotar con los dedos aquel rincón volátil, yo necesitaba averiguar su sabor, sentir de cerca sus pliegues, repasar sus apremios. Y mi boca tuvo el regalo insospechado del beso más tierno y sensitivo que ha recibido en su vida, mi lengua se hundió en un mar de cálido magma, mientras las olas golpeaban mis labios. "No me tortures más y síngame" – murmuraste y otra vez se volcó algo en mi interior y otra vez se me nubló la vista, dejándome a orillas de un universo trémulo y grandioso. Me obligo a no cerrar los ojos, coincidiendo la oleada arrasadora en mi vientre con la ola mayor que rompe contra el muro y lo sobrepasa salpicando la acera del Malecón. La lata de cerveza resbala de la mano y cae a mis pies, roceándolos. La miro rodar hasta la hierba, miro calmarse poco a poco el mar, respirar con más docilidad, siento aplacarse mis latidos, cierto dolor oscuro en lo profundo del vientre, unos pocos instantes más para dominarme del todo y abandono el lugar. Fue como un salto al vacío, los dedos se sumergieron blandamente como se hunde el cuchillo en la herida y fueron chupados por la pulposa hendidura que luego de tragárselos, comenzó a oprimirlos con movimientos irregulares y absorbentes. Salgo del hotel con la intención de tomar un taxi de regreso, me noto absolutamente hueca, me duele la cabeza. Mis dedos, totalmente independientes de mi ser, se movían en el húmedo refugio, cada vez más húmedo, mientras en mi cabeza estallaban fuegos de colores y retazos de melodías, o palabras, o sonidos abstractos. Más tarde lamí tu néctar de mis dedos lánguidamente, era el sabor de la dicha. "Sabes a mar" – quise repetir la frase que habías pronunciado hacía ya un tiempo – "¿Sabes amar?" Pero te adelantaste haciéndome la confesión más inverosímil y fantástica que podía esperar: "Eres la primera mujer en mi vida que he dejado penetrarme"... Ya cruzando la calle me tropiezo a un hombre que no me mira como lo hacían todos los demás. Está parado de algún modo inestable, abrazando un pequeño maletín y tiembla. La expresión de su cara delata un vacío mayor que el mío, cosa que me conmueve. "¿Te sientes mal?" – pregunto. – "Sí"... – "¿Qué te pasa?" – No responde. – "¿Estás bebido?" – adivino. "Sí"... Tiembla, no para de temblar. "¿Dónde vives?" – "En Alamar" – su voz es casi un suspiro. "Vamos, te acompaño al taxi" – lo tomo debajo del brazo y lo sujeto fuerte. Con pasos oscilantes me sigue. "No tengo dinero para el taxi" – murmura – "me lo bebí todo, todo"... Es muy joven, tendrá entre veinte y veintitrés años. "Yo te daré el dinero, vamos" – digo, conduciéndolo con cuidado. Podría llevármelo para mi casa, pienso. ¿Para qué? – pienso. "¿Porqué haces esto?" – pregunta – "¿Porqué te preocupas por mí?" – "No sé... Olvídalo"... – "Eres la mujer más increíble que he conocido en mi vida... Nunca me he encontrado a nadie como tú... Dime tu nombre, cómo puedo localizarte, agradecerte"... – Al parecer, se le ha pasado algo de la borrachera. – "Olvídalo" – repito – "no estoy haciendo nada extraordinario, te sentías mal y estoy ayudándote". Agito el brazo y paro un taxi. Le doy el billete de veinte pesos que traía para mi regreso con la chica que iba a pescar. "Cuídate. ¿Sabrás llegar solo?" – "Gracias" – parece a punto de llorar – "pero dime tu nombre, nada más que el nombre"... Cierro la portezuela sin responderle. Pero volvían obstinadas aquellas fantasías virulentas con mucha sangre y carnes masacradas. Me asustaba de mi misma, ¿de dónde tanta crueldad? Eran días terribles, días de masturbación perpetua, de más y más turbación, de deseos insaciados, insaciables. "Tus cuentos son morbosos" – dijiste y no me atreví a hablarte de mis cuentos no escritos, mis cuentos no contables, porque no hay quien resista leerlos o escucharlos, ni yo resistiría contarlos o escribirlos. Me masturbaba sin parar, en todo lugar, todo momento, pensando sombríamente que únicamente muriendo ambas en una mutación, únicamente desangrándonos, abriéndonos las carnes, mordiéndonos, masticándonos, devorándonos, únicamente destrozándonos, triturándonos y uniendo los restos, mezclándolos en un amasijo inhumano, únicamente así, quizá, llegaría yo a una mísera semejanza del placer. Saco un cigarro, lo enciendo sin apuro y tomo el camino a casa. Voy por la acera opuesta del muro, evitando a los hombres con sus impertinentes cortejos y a las parejas con su insoportable exhibicionismo. Una noche acaricié largamente tu más profunda piel, hasta sentir bajo mi lengua cómo se franqueaba despacio pero definitivo el sendero hacia el universo secreto. Me regodeé aplazando la entrada, succioné con deleite captando cada movimiento apenas perceptible, cada capricho líquido, entonces coloqué en la boca la cuchilla. "Así, mi amor, así"... – gemiste. Habíamos rebasado las fronteras. Besé con generosidad abriendo surcos con cada contorsión y bebí de los pozos descubiertos. "Más" – rogabas – "mas"... La cuchilla resbalaba despiadada y traviesa entre dos bocas voraces, la sangre me corría por la barbilla y goteaba entre tus nalgas como una lava perezosa. Hubo un instante de aparente paz y luego tu grito partió la noche en mil fragmentos. Subo las interminables escaleras de mi edificio tratando de evitar los charcos de orine, avanzo por el largo pasillo obligándome a no pensar – no pensar – no pensar. En la oscuridad me parece ver una silueta difusa delante de la puerta de mi casa, me acerco sin poderlo creer, pero te reconozco. Me recuesto a la columna y te miro mirarme; como dos tiburones al acecho, ambas conociendo el final.

PARALELOS

S E ME OCURRIÓ que podría escribir un cuento sobre una tipa que se sienta todos los días en la esquina a ver pasar la gente. Desde hacía un tiempo me había fijado en una mujer que siempre estaba en el mismo lugar cuando yo iba al trabajo y también de regreso. Al principio no me llamaba la atención, era de esas personas que parecen totalmente grises e insubstanciales, pero me sorprendí un día buscándola en el sitio habitual, como quien busca el árbol al doblar y luego el edificio de columnas; lo habitual de la rutina diaria. Entonces pensé en cómo sería su vida y cómo ve a la gente que pasa y cómo se inventa historias sobre ellas y cómo mezcla su vida con las historias inventadas y quise escribir todo eso.

Comencé imaginando su sombría casa, la agobiante parentela, sus deseos de escapar, de tener otro destino, de ser otra persona, feliz. Pasaba a diario por su lado y se me ocurrían más y más detalles. Sabía sobre su infancia y su familia, sabía que le gustaban los dulces caseros y la ropa estampada, que dormía con dos almohadas en un camastro incómodo, que temía a las cucarachas, que no soportaba la oscuridad ni los sonidos demasiado altos, adoraba a los niños pequeños y las flores. Pensando en el cuento que escribiría sobre ella, le elegí un nombre, Nara, y edad, alrededor de los treinta.

Me gustaba el instante cuando nuestras miradas se cruzaban, me gustaba pensar que ella me reconocía en la multitud que transita por Obispo, que espera el momento en que yo cruzo a su lado, tan fugaz, que se pregunta quién soy, que se crea una historia sobre mí.

Por aquella época, después de casi un año de relaciones esporádicas, yo había conocido a Marcos y llevaba con él una existencia estable dentro de lo que cabe. Marcos era un tipo bien parecido, muy elegante, ocupaba un puesto principal en no sé qué empresa de exportaciones, insaciable en la cama y bastante estúpido, como la mayoría de su especie. Me gustaba doblegar a ese jefazo acostumbrado a mandar, me gustaba tenerlo a mi merced, esclavo de mi cuerpo y de mi mente, me gustaba humillarlo, para luego con un espléndido gesto de generosidad regalarle la dicha.

Cuando pasaba en compañía de mi amante por la esquina donde estaba sentada Nara adivinaba sus sentimientos más ocultos. Sin dudas me suponía afortunada y envidiaba mi cara resplandeciente, el pelo suelto, vestida como siempre en un exquisito descuido, del brazo de ese hombre tan llamativo y servil que daba vueltas en el índice a las llaves de su carro. Por las ojeras deducía la noche impetuosa que habíamos pasado y por el caminar oscilante, el grado de alcohol. Para Nara, que escapaba de la miseria de una familia numerosa aprisionada en un espacio reducido, que salía a las calles rodeándose de gente lida y feliz, yo debía ser el paradigma de la gloria. Puedo figurarme cómo soñaba que era como yo, que era yo misma, o que participaba de algún modo de mi suerte y eso la transformaba y la hacía radiante, como si la alegría pudiera ser contagiosa.

En realidad yo estaba bastante lejos del ideal que aparentaba, cada vez más insatisfecha, cada vez más atormentada. Ya me estaba cansando de Marcos y de nuestra relación, mi papel de soberana me divertía menos y menos, su humilde sumisión y el sexo inmoderado me dejaban vacía y sola. Me aburría, me exasperaba, me deprimía, culpaba a Marcos de todo, lo maldecía histérica, hasta que más tarde volvía a sus brazos en una convulsa reconciliación.

Mientras tanto, Nara fantaseaba con un príncipe de apariencia y clase de mi amante. Sin darse cuenta comenzó a seguir con la mirada todo tipo de hombres con aire de ejecutivo que pasara por su lado y hasta le sonreía a alguno. Mas pocos le hacían caso. La mayoría ni siquiera reparaban en la mujer de pelo y ojos y ropas grises sentada en el quicio incoloro de la polvorienta calle; unos desviaban la vista, indiferentes, otros, sorprendidos, se volvían varias veces para mirarla como preguntándose de dónde podrían conocerla.

Una noche no aguanté más y en un arrebato de cólera rompí con Marcos. Habíamos salido a beber al Nacional. Sentados en el jardín frente al Malecón nos enfocaban los destellos alternos del Faro a contrarritmo con la música de un cuarteto de cámara, cosa que me irritaba sin razón. De pronto Marcos se puso a hablar de su amor, de matrimonio, de lo felices que seríamos si tuviéramos un bebé o dos, de lo maravilloso que fuera envejecer juntos. Sentí cómo se me ponían los pelos en punta, le declaré de un tirón cuánto lo odio, lo que pienso sobre la vida conyugal y sobre la maternidad, lo acusé de machista, de querer desgraciarme el cuerpo con embarazos y lactancias, de su crueldad al mencionar la vejez, su egoísmo y perfidia. No lo dejé hablar, quiero pedirte un favor – concluí con exagerada cortesía – desaparécete de mi vida. Ni siquiera terminé el trago, salí apurada temiendo que me siguiera, tomé un taxi en el Malecón y me fui a casa, donde por primera vez en mucho tiempo me sentí a gusto, casi jubilosa. A la mañana siguiente falté al trabajo disfrutando mi reconquistada libertad.

Creo que ese día fue cuando sucedió el Acontecimiento en la vida de Nara: un hombre le respondió la sonrisa. Se le acercó amable, le dijo dos o tres tonterías dulzonas, la invitó a un paseo, un trago tal vez. Daba vueltas a las llaves del carro en el índice, como lo hacía Marcos, llevaba corbata de finas rallas y un perfume delicado. Con ancho gesto compró flores a un vendedor ambulante, un ramo de mariposas, que extendió con estudiada naturalidad y eso la hizo decidirse. Era la primera flor que alguien le regalara.

Bebieron cerveza en el Café París; él hablaba sin parar, contó que acababa de divorciarse, que no se acostumbraba a la soledad, que su ex nunca quiso tener hijos, que era lo que más deseaba en la vida: tener un hijo. Ella lo escuchaba dócil, soñando con protegerlo de la tristeza, con regalarle el sosiego de una familia armoniosa con niños y niñas regordetes y una casa amplia y pulcra. Él relataba lo difícil que es ser dirigente, el estrés, el cansancio y ella se veía dándole masajes, preparándole bebidas calmantes, llevándole las zapatillas, el periódico a la butaca grande donde le gustaría sentarse luego de un día agotador. Él se quejaba de sus conocidas, interesadas e infieles, de sus amigos, enviidiosos, de los vecinos, intrigantes, y otra vez de su ex, tan fría en la cama, tan apartada. Entonces ella con tanta cerveza y alegría tejía una ilusión tras otra, prometiéndole mentalmente amarlo y cuidarlo y darle todo el placer del mundo, toda la ternura, lealtad, entrega y confianza hasta que la muerte los separe.

Pasé el día en un deleite embriagador, tirada en la cama oyendo música, hojeando revistas, pero ya al oscurecer me cayó de pronto el peso de la casa silenciosa y el vacío de la pérdida. De pronto ya no quería estar sola. No es que extrañara a Marcos, ni a nadie en particular, simplemente no hallaba qué hacer. Decidí salir, pero me resultaba extraño no tener para quién vestirme, para quién ponerme bonita. De todos modos me arreglé, luego me quité el maquillaje y estuve mucho tiempo delante del espejo preguntándome qué hacer. Finalmente bajé al bar de la esquina a tomarme unas cervezas, pero los tipos que se me acercaban tratando de seducirme terminaron por deprimirme, todos tan predecibles y mediocres. Regresé a casa y lloré mucho de rabia, de soledad, de impotencia. Me creía la persona más desgraciada del mundo, "porque vacía estoy y harta como el más abominable de los seres", recordaba un poema leído en algún lugar.

El hombre llevó a Nara a un apartamento que alquilaba, dijo, porque su casa se la dejó a su ex. Ahí entraron a la ducha juntos y ella temblaba de tanta emoción, enjabonándole la espalda, y el cuello y él se excitó mucho, conmovido por su inexperiencia e ingenuidad y la fornicó violentamente, sin caricias ni besos, de pie, apretándola contra el grifo del agua, que ella sentía clavarse en la columna, mientras el pene se le clavaba en las entrañas y los dientes en el labio para suprimir los gritos de dolor. Después él se tiró en la cama y se durmió al instante y ella estuvo mucho tiempo acariciándolo, llorando y acariciándolo, se sentía feliz y confundida, era capaz de cualquier cosa por ese hombre;

pensaba en el vuelco que había dado su vida, en el futuro luminoso, en el milagro.

Llorando comencé a acariciar mi cuerpo, tan de nadie, mi piel desamparada, mis infelices senos, los muslos, el vientre, el melancólico sexo. Me masturbé gimiendo de pena por mi misma, lamentando mi orgasmo tan huérfano. Al fin me dormí, bañada en lágrimas con ese sueño hondo sin visiones y me desperté con la desagradable sensación de que todo está perdido.

Al despertar el hombre miró el reloj, murmuró una maldición y saltó de la cama. Nara intentó abrazarlo, pero él evadió la caricia y le dijo secamente que se vistiera. Ella obedeció, complaciente, comentando que estaba verdaderamente feliz y enamorada. Él la apuró, bajó las escaleras casi corriendo, en la primera planta tocó una puerta, entregó las llaves del apartamento y se volvió hacia la mujer que lo seguía agitada. Voy a llegar tarde... – dijo – espera a que encienda el motor. Abrió la puerta del carro, se montó, arrancó y se fue. Todavía en la esquina frenó, porque estaba la roja, pero Nara no corrió para alcanzarlo, se quedó parada como si esperara que el hombre volviera a recogerla o asomara por la ventanilla para llamarla o al menos decirle algo, alguna explicación lógica, coherente; hasta que la mirada irónica del muchacho del parqueo la hizo moverse del lugar, caminar calle arriba, todavía sin dolor ni vergüenza ni rabia, con un hueco en el medio del pecho.

Sentía como si tuviera un hueco en el medio del pecho, un vacío espeluznante mientras iba hacia el trabajo, odiaba el mundo entero, a toda esa gente que se me cruzaba, gente alegre o seria, entretenidos, perezosos, circunspectos, tristes, corriendo, leyendo el periódico, comiendo helados, comprando camisas, mirando vidrieras, gordos, embarazadas, viejos, niños, adolescentes, policías, estudiantes, repugnantes, detestables, infames. Tenía ganas de matar.

Cuando Nara se cruzó conmigo, pudo leer en mi rostro el rencor y el dolor que me atormentaban y eso inflamó su propio dolor y rencor. Pero Nara no sabía llorar, ni maldecir, ni masturbarse. Se tiró en su esquina sacudiéndose como un animal, tragando aire y golpeando la cabeza contra el muro. Quería morir, sólo quería morir.

Yo no la vi, inmersa en mi crisis existencial, ni siquiera me acordé de ella. En el trabajo me fui relajando; el aire regular de la oficina, las bromas, las conversaciones triviales iban llenando el tiempo suavemente. Una amiga me mandó por correo un poema de Borges que imprimí y colgué encima del escritorio. Las nubes se disipaban; pensé en dedicarme atenciones, mimarme un poco. Debía hacer ejercicios, algo de yoga tal vez, tomar unas vacaciones, irme para un lugar tranquilo y alejado, una casa en la playa, perfecta idea. Hice las reservaciones por teléfono, terminé las tareas más inminentes y pedí unos días libres.

Tampoco me acordé de Nara al regreso. Iba a casa a empacar. "Así que uno planta su propio jardín" – me recitaba pedazos del poema de Borges – "y decora su propia alma / en lugar de esperar a que alguien le traiga flores"…

Nara parecía igualmente aplacada. Tenía los ojos abúlicos de siempre, esa expresión gris que la hacia invisible. Algo en su interior se había endurecido de golpe y ya no dolía, al menos no era el dolor agudo de bestia herida. Apenas veía a la gente que pasaban a su lado, no vio cuando yo regresaba del trabajo, sumida en una modorra semiconsciente.

Sin embargo vio mas tarde a Marcos con la llave del carro dando vueltas en el índice, lo reconoció inmediatamente, su aire de galán arrollador. Extraños mecanismos llevaron a Nara a asociar el echo de haberme visto sola y afligida por la mañana con la causa de su propia angustia y decepción, relacionar a Marcos con el hombre que la había engañado a ella, deducir la vileza de Marcos, su falsedad. Lo siguió por las calles como una sombra con la implacable determinación de venganza. Lo esperó fuera de un bar durante tres horas, hasta que lo vio salir con una hermosa rubia colgando del brazo. Los acompañó a distancia hasta el Malecón, los escoltó hasta la otra acera de la avenida, aguardó a que se acomodaran en el muro, de cara hacia el mar. Entonces de un solo movimiento se acercó y empujó fuertemente a Marcos por la espalda contra los arrecifes.

Pasé dos semanas en un hotelito de Guanabo que pertenecía a la firma. Por las mañanas me bañaba en la playa, tomaba sol, y por las tardes, cuando el calor se hacía infernal, me instalaba delante de mi pequeña computadora a inventar una historia sobre una tipa que se sienta todos los días en la esquina a ver pasar la gente. Me gustaban los giros que tomaba el relato, ir enredando los destinos de los protagónicos, crear todo un universo de ficción, aunque a veces me preguntaba si no será gratuita tanta crueldad, si no será demasiado. Ya estaba terminando; mi criatura, Nara, había empujado a mi ex amante contra los peligrosos arrecifes, cuando tuve que parar por una llamada telefónica.

He pasado casi dos años sin volver a esta historia. Aun me cuesta acabarla. A veces las cosas se van de las manos, se mezclan realidades y eso asusta mucho. Aquel día en la playa me habían llamado para comunicarme que mi novio había muerto. Una loca lo empujó en el Malecón. Todos los días paso por Obispo buscando con la mirada a la mujer que siempre estaba en el mismo lugar cuando yo iba al trabajo y también de regreso, pero no la he vuelto a ver. Ni siquiera sé si en verdad se llamaba Nara.

CÁNCER

*Las obsesiones nos pudren por dentro..., quizá
nos sorben desde dentro como esos agujeros del
espacio, y todo lo que nos pasa por la cabeza va
cayendo en ellos y entra a formar parte del
remolino de la obsesión. ...Una especie de
cáncer en el alma.*
JESÚS FERRERO

1

ILUSIONES, FALSAS APARIENCIAS, imposturas, manipulaciones, mitos y quimeras. Buscar el límite, respirar abismos. Amalgama de lo virtual y lo real, sueños y ficciones que impulsan a cometer crímenes y/o proezas y todo pierde importancia ante la simple consciencia de la muerte.

Pesquisar dentro de la mente, excavar en los detritos, recuerdos y fantasías, uno que otro sueño, para escribir otra historia o para lograr otro orgasmo, que en el fondo vienen a ser lo mismo, al menos surten un idéntico efecto purgador.

Luego es indispensable encontrar un basurero: una oreja atenta o un lector embobecido o unos ojos de fisgón que luego a su vez procesarán la mierda absorta para vomitarla en cualquier otra parte, sobre cualquier otro cerebro.

La certeza de que una vez que alguien asuma el papel de letrina no podrá ser usado para ningún otro fin. Tomar precauciones al respecto: no mezclar amistades, no equivocar vínculos, no confundir confidencias.

El horror del error. Llegar demasiado lejos y no saber parar ni volver atrás. Entonces la reacción lógica de la destrucción, como romper una página escrita en vano. O, mejor, la autodestrucción: lanzarse al abismo. Ensañarse: ¿quieres que te cuente? ¿Desde el comienzo y con todos los detalles?

2

Una mujer gritando, una mujer gritando a toda hora, vociferando infamias, pidiendo auxilio. Ventana contra ventana (la mía la abrí sólo el día en que me mudé, descubrí las persianas de la casa del frente, tan cerca que podía percibir el efluvio a vivienda roñosa y la clausuré de inmediato); los gritos me sorprendían en cualquier actividad, en cualquier momento, siempre inesperado, haciéndome estremecer, me despertaban de noche para quitarme el sueño, dejarme con la cara hundida en el colchón, imaginando cualquier atrocidad, cualquier exceso. Llegué a visualizar casi con detalles a una mujer joven bañada en sangre, amarrada a la cama por las muñecas y los tobillos con correas de cuero, clamando piedad, mientras un hombre de aspecto nefasto procedía con la tortura de rutina. No me atrevía a preguntar, no me relacionaba con los vecinos, evitaba los contactos con extraños, intromisiones en mi mundo, mi intimidad.

Tal vez le comenté algo a cualquier amigo, restándole importancia al asunto, por supuesto, ocultando el pavor, tal vez alguno de ellos fue el que me sugirió con sonrisita malsana que no se trataba de una víctima de abusos, ni enfermedad ni locura; o fui yo misma en una ocurrencia sagaz, es posible que yo misma le busqué la interpretación morbosa, sustituyendo de pronto el horror por placer, descubriendo en el tono de los alaridos notas deliciosas, de un sexo intemperante, de una pasión salvaje.

Como ciertos olores, determinadas imágenes, palabras claves y muy obscenas, los gritos de la mujer se convirtieron para mí en un irresistible estímulo erótico. Al escucharlos, tenía que abandonar lo que estaba haciendo, fuera lo que fuera, y comenzar a masturbarme en ese mismo instante, lugar y posición. A veces, entre las palabras incomprensibles del clamor creía percibir mi propio nombre y eso me excitaba más aun; aceleraba el bailoteo de los dedos sobre mi clítoris, me mordía la boca para no comenzar a aullar a la par con la desconocida, murmuraba palabras que estaban dirigidas a ella, palabras tormentosas, violentas.

"Mi loca", así le llamaba. Para mí era una joven ninfómana, una loca insaciable y promiscua, una maniática sexual. Hubiera querido ser igual de retorcida, buscar encuentros amorosos subidos de tono, repetir los cuadros que combinaba mi imaginación al escuchar los gritos, repetir la avidez que sentía al escucharlos, la avidez exacta a la avidez de la mujer; pero no me atrevía, estaba llena de miedos, miedo a sentir dolor, a provocarlo, miedo al vicio, al escándalo, y también prejuicios.

Me veía con un muchacho, una relación sosa, sin alegría, sin deseo, hacíamos el amor de forma más bien automática, en su casa, mucho más cómoda que la mía, más acogedora y clara, una vez por semana, o dos, según, luego conversábamos un rato, siempre las mismas cosas, pura rutina. No le hablaba de mí ni de mi loca, pensaba que podría parecerle repulsiva toda esa historia, que podría horrorizarse y decirme cosas humillantes, mirarme de alguna forma insoportable y luego botarme para la calle; no es que me importara tanto como para temer perderlo, pero no toleraba la idea de ser abandonada como alguien repugnante.

Llevaba más de un año con esa doble vida, una vida inventada, palpitante y secreta, otra pública, impecable, cuando en una conversación de vecinas que bajaban la escalera del edificio mientras yo las subía, supe que mi loca era una vieja muy enferma y senil. Tenía cáncer, estaba moribunda, casi descompuesta.

Abrí mi casa temblando, corrí directo al baño, vomité. Sentía un asco insuperable, una frustración y rabia como jamás en la vida. Justo en ese instante la vieja comenzó a gritar, a pedir auxilio, a llamar a alguien que pudiera aliviar su angustia. Me mordí la boca, presa de pánico y, figurándome a una vieja monstruosa, calva y purulenta, entre lágrimas y arqueadas, me volví a masturbar.

3

Era un perro grande, flaco y feo. Tenía una sola oreja y la piel casi en carne viva de la sarna. Andaba entre los bancos del parque de la esquina, alguien le tiró una piedra y el perro gimoteó de dolor lo suficientemente alto como para que yo, que atravesaba el parque, me estremeciera. Lo miré un instante. El perro estaba enfermo y lloriqueaba, no soy particular amante de los perros, pero ese me conmovió al punto de llevármelo de inmediato a casa.

Van Gogh, el perro de una oreja vivió conmigo exactamente el tiempo que demoró en sanar, engordar un poco y mejorar el ánimo. Le dediqué mis mejores cuidados; con una mezcla de asco y compasión lo curaba y lo bañaba, y cada vez que mis manos rozaban su piel sentía ese sutil estremecimiento interior que precedía el acto amoroso. Me masturbaba, por supuesto, tenía que masturbarme pensando en las llagas del infeliz perro, imaginando su dolor, su sufrimiento, reconstruyendo en la mente sus gemidos, que mezclaba con la imagen de mi loca gritando, su cuerpo plagado de supuraciones y úlceras, su martirio.

Pero Van Gogh se curó definitivamente, se convirtió en una mascota común, un animal alegre y fastidioso, algo insoportable; lo boté, regresó y lo volví a botar, volvió a regresar y le di dos o tres puntapiés, se fue, gimiendo una vez más, como un regalo de despedida y me masturbé pensando en él por última vez, como un regalo de despedida.

4

Me enteré de que mi amigo tuvo un accidente ciclístico, nada grave, pero estaba en el hospital, en observación.

El olor de los hospitales, el olor a fármacos y creolina, los pasillos azulejeados y las camas de hierro, la visión de personas vistiendo idénticos pijamas, siempre un par de tallas más grandes, el aspecto de los enfermos, muchos enfermos pálidos agolpados en breves cubículos, todos esos enfermos con sus enfermedades, sus dolencias y dolores, me causaban tal impresión que tardaba en recuperarme, salía con dolor de cabeza, mareos, ganas de vomitar, totalmente acabada.

Pero mi amigo estaba ingresado y debía visitarlo, aunque últimamente casi no nos acostáramos, aunque cada vez me importara menos, aunque odiara los hospitales, debía visitarlo, sentía una oscura curiosidad por verlo desvalido, por saber que sufría, que era vulnerable.

Estaba pálido, la cabeza vendada, algunos rasguños, pero en general no se veía mal. Me decepcionó, pero eso lo comprendí después, ya en casa, recordando el hospital y el episodio con el paciente de una sala vecina, recuperándome del hospital y del episodio, en mi cama, con las manos entre las piernas, los dedos sobre el clítoris, una y otra vez.

Oí los gritos, hablando con mi amigo de bagatelas, oí unos gritos tremendos, interrumpí la conversación, creo que me siento mal, dije, regreso enseguida... No podía evitarlo, como una rata guiada por el sonido de la flauta, me moví por el pasillo en busca del foco de los gritos, dos o tres puertas más allá lo descubrí. Un hombre joven con varillas de acero en el muslo, aparatos, médicos a su alrededor, enfermeras inyectándolo, él sin parar de gritar. Yo miraba, miraba y sudaba, creo que me sentía mal, muy mal, pero no podía moverme, era rico, desesperantemente rico.

5

Regresé al hospital, lo busqué, ya no gritaba, no lo volví a escuchar gritando, sin embargo tuve sexo con él, fue patético y bello, lo acaricié todo, lo lamí, lamí su falo, a pocos centímetros de las varillas clavadas en su carne, lamí y chupé y succioné mirando sus heridas y los hierros en la pierna, imaginando su dolor, recordando sus gritos, los gritos de mi loca, Van Gogh, la vida misma.

Volví muchas veces, tuve sexo muchas veces, con él y con otros, a riesgo de ser sorprendida; andaba por los pasillos y siempre había alguien muy enfermo, gritando, o al menos quejándose, alguien que me estimulara. Pasaba por caritativa, por una persona muy altruista y generosa. Sabía que era otra cosa, que las conmociones fuertes me resultan erotizantes, que en mi mente el sufrimiento, la degradación, la angustia y el asco van inseparablemente ligados al sexo, que mientras más desagradable me resulta una imagen o impresión, más me excita. El hospital fue entonces el lugar perfecto, mi obsesión, mi costumbre, mi segunda piel.

6

No me fue difícil encontrar plaza de limpiapisos; era un trabajo de esclavos que nadie quería cumplir, sucio, agotador y mal remunerado. Mas para mí fue la gloria.

Podía canalizar con total propiedad mi búsqueda del placer, podía recrear fantasías hasta entonces inimaginables, aunque se me hacía imposible compartir mi sensualidad, como si poseyera una fortuna secreta y por lo tanto inútil.

Vaciando el cubo en el saco de basura, en un incontenible impulso saqué parte de las vendas usadas y las pegué a la nariz. Tuve que recostarme a la pared, el olor a sangre y pus me revolvía el vientre, sudaba frío, el mareo, el horror. Sentí la angustia de la mujer a la que le habían arrancado las vendas, no cabía dudas que era una mujer, una vieja, sentí su dolor, pánico, delirios, gritos. Descubrí que había alguien junto a mí, no podía separar la gasa de la cara, pero supe que había alguien oliendo el mismo vendaje, respirando, gimiendo a la par conmigo. Unas manos buscaban en mi cuerpo, una boca tropezaba con la mía, una lengua lamía mis labios y la sangre y el humor de la vieja en mis labios y mi lengua respondió, mi boca se entregó, mis manos, mis piernas, mi cuerpo se sometieron al éxtasis de una pasión compartida.

No hablamos. Al recuperarse del clímax, la doctora Esperanza se arregló la inmaculada bata y se alejó por el pasillo sin mirarme siquiera. Tampoco yo la miré ni le hablé ni busqué más encuentros con la doctora Esperanza. No me gustan los sanos.

Sin embargo no me incomoda tener de vez en cuando una experiencia como aquella u otras, que le sucedieron: con el doctor Bernardo, la enfermera Bilma, el camillero Ramón, el anestesista Juárez, el anatomista de la morgue, la limpiapisos del salón de partos, dos o tres estudiantes de medicina, ¿cómo recordarlos a todos?

Fue una bendición descubrir que estaba equivocada al pretender ser única; formo parte de un gremio, de una sociedad clandestina, de una secta exquisita y alucinante. Somos muchos y cada día somos más.

7

Sabía que podía pasar, que pasaría en cualquier momento, vi muchas veces como les pasaba a los otros, pero nadie nunca está bien preparado para el cataclismo, por mucho que se prepare, que le espere, siempre te toma por sorpresa; a mí me tomó por sorpresa. Mas no me derrumbé, traté de ver las cosas como desde fuera, como si no fuera yo a quien encuentran en el pasillo con una fiebre enorme y le hacen análisis de todo tipo; como si fuera otra la que delira en la estrecha cama de hierro, vestida con un pijama dos tallas por encima de la habitual, otra quien grita de dolor y de pánico cuando le inyectan y le pasan sueros y luego llevan al salón de operaciones y le abren el abdomen y hurgan en las entrañas en busca de excrecencias que jamás extirpan para que se multipliquen y se expandan por todo el cuerpo y provoquen más y más dolor.

Trato de verlo todo desde fuera para disfrutarlo mejor y grito y disfruto mis gritos como los de nadie jamás, sangro y disfruto infinitamente mi sangre, sufro y disfruto mi propio sufrimiento como el placer más hondo del mundo.

Los veo tocarse, los veo restregarse los sexos con las manos y besarse entre ellos sin quitarme los ojos de encima, los veo deleitarse con mi deleite; sé que en el fondo me envidian, que cada uno quisiera estar en mi lugar o al menos ser el próximo en enfermar para estar como yo en todas partes, propagarse a modo de una plaga, contaminar el mundo con su semilla supurante, ser la más sublime expresión de la divinidad, la más absoluta cara del amor.

EPÍLOGO

Jugando a la botella:
El: "¿Cuál es tu mayor aberración?"
Yo: "Escribir".

Anna Lidia Vega Serova

Foto © Gonzalo Vidal

Nacida en la antigua Unión Soviética, a una madre rusa-ucraniana y un padre cubano, Anna Lidia se estableció definitivamente en La Habana, Cuba, in 1989. Originalmente una artista plástica, era su escritura que la trajo a la prominencia internacional, empezando con el Premio David que ganó en 1997 por su primera colección de cuentos, *Bad Painting*. Desde entonces, se ha convertido en una figura reconocida del mundo literario cubano, con ocho colecciones de cuentos y dos novelas (*Noche de Ronda* y *Anima Fatua*) a su nombre, participando en eventos literarios en todo Europa y las Américas. También anteriormente ha publicado dos poemarios: *Retazos (de las hormigas) para los malos tiempos* y *Eslabones de un tiempo muerto*. A través de sus palabras y pinturas, su obra es notable por su reflección muy personal sobre la vida cotidiana, tanto aplastantemente como fantásticamente real, que se experimenta en la Cuba actual.

www.ingramcontent.com/pod-product-compliance
Lightning Source LLC
Chambersburg PA
CBHW032020180726
48283CB00008B/2759